ハイチ震災日記

私のまわりのすべてが揺れる

ダニー・ラフェリエール　立花英裕訳

藤原書店

私の部屋の中の日本*
――日本の読者へ

あの日本の
大地が揺れたとき
おまえはなにをしていた
私の部屋にいたさ
なにもやることなかったし
普段と変わったことはなかったよ

世界の反対側で
諸々《もろもろ》の自然の力が解き放たれた
火、水、土、そして　放射能に汚れた大気

そこに風が加わったら
列島は吹き消えていただろう

ちっぽけな飛行機がいくつも浮かんでいる
大型トラックが突き動かされている
汚水が溜まった灰皿の中の
タバコの吸殻にそっくり

水に呑まれる光景は恐ろしい
だが、心を打つのとはちがう
赤の他人の心をも
震えさせるのは
人の死だけ

黄色い毛布に身を包んだ若い娘を

がさつな写真家たちが
嘆きの聖母《マーテル・ドロローサ》に仕立て上げた
注目を浴びた娘のうしろに
隠れてしまった無残な土地と水脹れの躯《むくろ》

私の師匠の芭蕉が呟いている
「苦界に咲いた
まことの花を
見てごらん」
このギリギリの優しさ
わたしたちの誰がもてるだろう

ドラマを生きる者が
やるだけのことをやって
体面を保とうとする

それを見て人は泣くしかないだろう
心の奥に
なんでも仕舞いこむ日本の人よ
内から破れなければよいが

街角のマンションの
監視カメラが捉えた
跳ね回る映像に
気が動転してしまう

職場から逃れようとする人たちの姿に
私は息を呑む
カメラが遅れて到着した
ポルトープランスでは映し出されなかった
その瞬間の人々

なおも苦痛に身を咬まれたまま
フラッシュに目を眩まされても
栄えある時だと言うのか

「死者の数は今後さらに
増える恐れがあります」
いつも人を脅すあの声
なぜ生きている人を数えないのか

駅のキオスクで見る
単語ジャポン
あらゆる言語が並んでいる
ないのは日本語だけ

テレビは現在時に貼り付いたまま
ルポルタージュは三〇回繰り返されても
生中継のように流される

地が揺れやまないのに早くも報じられる
原発事故の可能性　可哀相にも
翻弄される日本の人たち
真実を隠す者たちと
冷たく恐怖に突き落とす者たちに挟まれて

あの記者たちはどこかで見た顔ばかり
昨年のポルトープランス
チリにいた者もいる
新しい職業なのか

日本に世話になったと感謝する
カダフィは知恵者
今度は狡賢く
援助を申し出ている
死んだ振りも芸の内か

リビアと石油　日本と原発
石油も原発も
先進社会で激しい議論
リビアも日本もそっちのけ

ハイチ人の誇り
日本人の落ち着き
最悪のカタストロフィーに立ち向かうには
桜の花の気品がいい

地震の日付を
無理に思い出すよりは
忘れるのが賢いさ
さもなければ
はじめてのキスでも想いたい

昨年はハイチ　今年は日本
ポルトープランスの地震を知った私は
日本作家である**
もはや部屋から動くまい

＊　初出——二〇一一年三月十七日付日刊紙『リベラシオン』。
＊＊　ダニー・ラフェリエールは『吾輩は日本作家である』（二〇〇八年）というタイトルの小説を発表している。詳細については、訳者あとがき参照。

ハイチ震災日記・目次

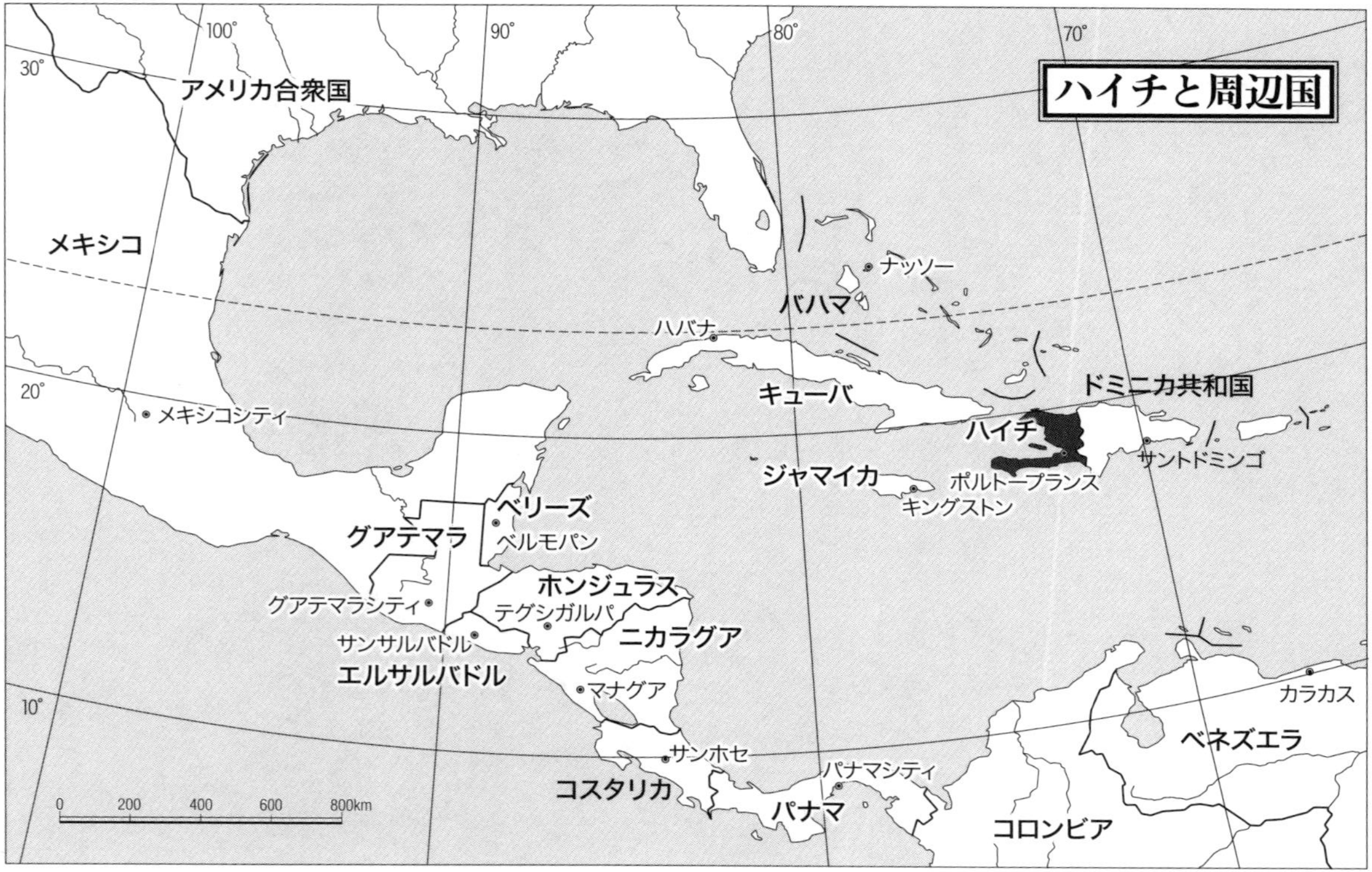
ハイチと周辺国
アメリカ合衆国
メキシコ
メキシコシティ
バハマ
ナッソー
ハバナ
キューバ
ドミニカ共和国
ハイチ
サントドミンゴ
ポルトープランス
ジャマイカ
キングストン
ベリーズ
ベルモパン
グアテマラ
グアテマラシティ
ホンジュラス
テグシガルパ
ニカラグア
サンサルバドル
エルサルバドル
マナグア
サンホセ
コスタリカ
パナマシティ
パナマ
コロンビア
ベネズエラ
カラカス
0 200 400 600 800km
30°
20°
10°
100°
90°
80°
70°

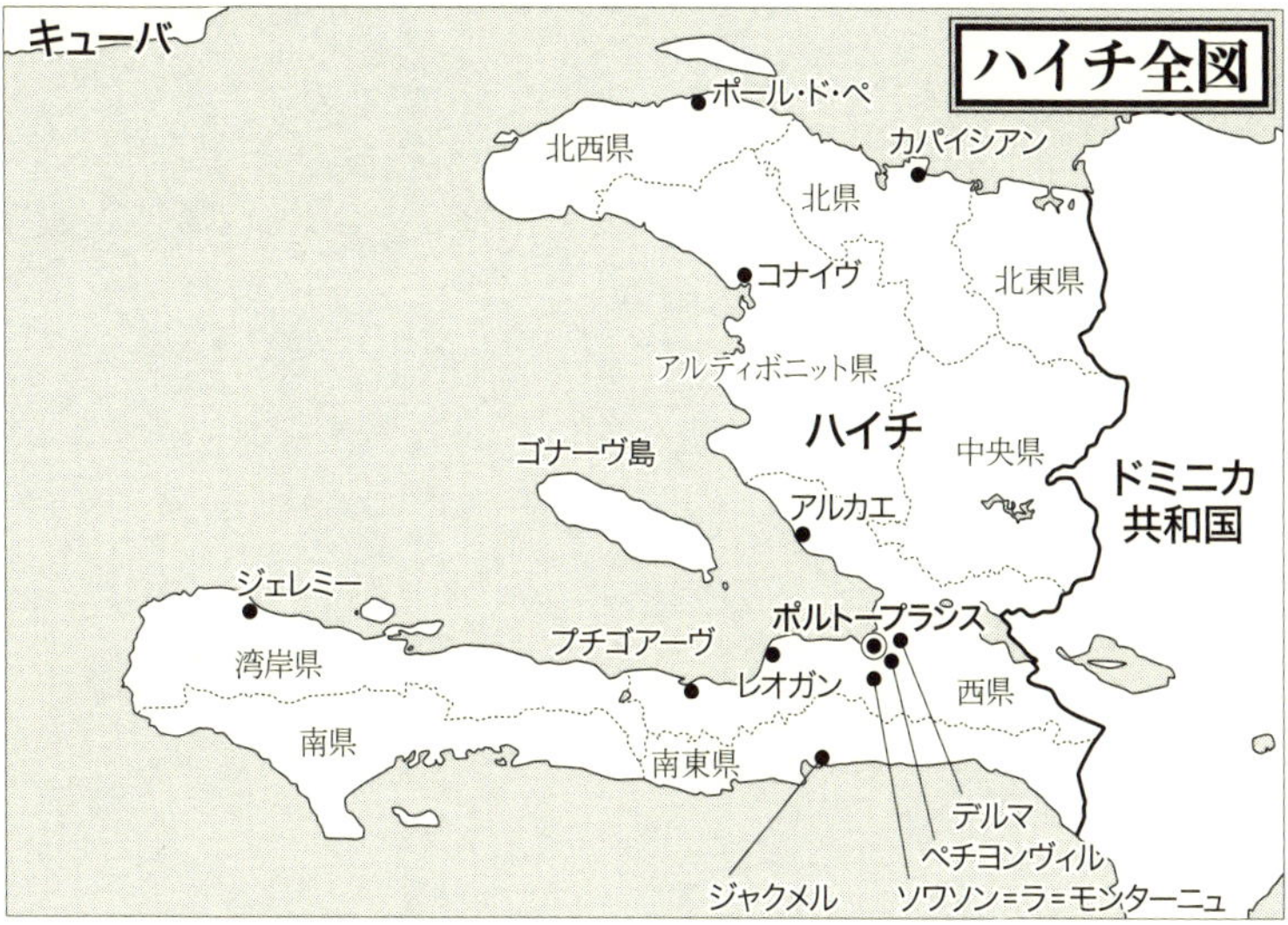
ハイチ全図
キューバ
ポール・ド・ペ
カパイシアン
北西県
北県
コナイヴ
北東県
アルティボニット県
ハイチ
ゴナーヴ島
中央県
ドミニカ
共和国
アルカエ
ジェレミー
ポルトープランス
プチゴアーヴ
湾岸県
レオガン
西県
南県
南東県
デルマ
ペチヨンヴィル
ジャクメル
ソワソン=ラ=モンターニュ

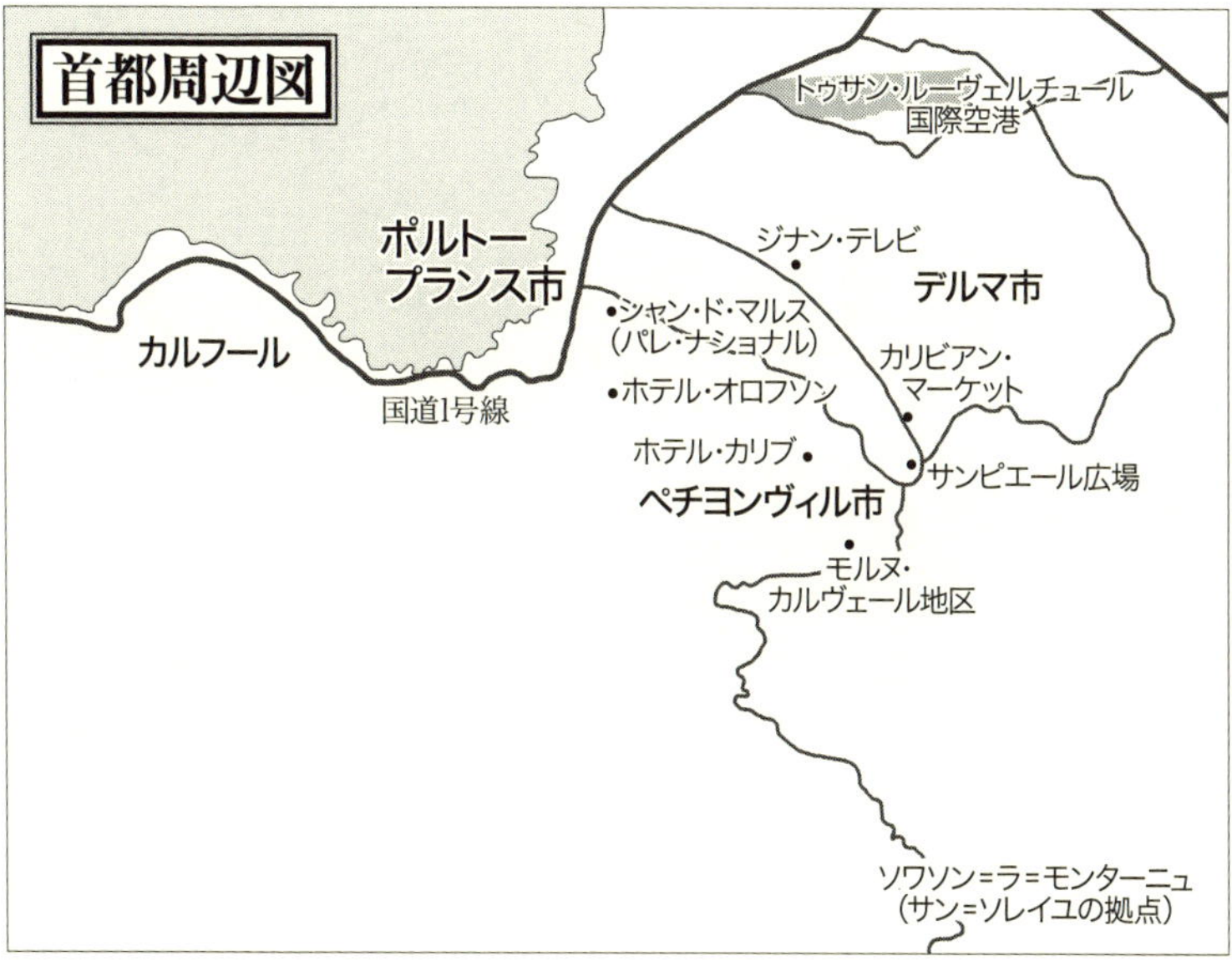
首都周辺図
トゥサン・ルーヴェルチュール
国際空港
ジナン・テレビ
ポルトー
プランス市
デルマ市
シャン・ド・マルス
(パレ・ナショナル)
カルフール
カリビアン・
マーケット
ホテル・オロフソン
国道1号線
ホテル・カリブ
サンピエール広場
ペチヨンヴィル市
モルヌ・
カルヴェール地区
ソワソン=ラ=モンターニュ
(サン=ソレイユの拠点)

ハイチ震災日記——私のまわりのすべてが揺れる

神々の怒りに私とともに立ち向かったホテル・カリブの仲間たちへ……ミシェル・ルブリ、マエット・シャントレル、メラニー・ルブリ、イザベル・パリ、アガート・デュ・ブアイ、ロドニー・サンテロワ、そしてトマス・スピアへ。

死を前にしては
喜びも悲しみもない
あるのは、驚きのあまり遠くを見る眼差しだけ
ルノー・ロンシャン

一分という時間

ようやくのことで私は、ホテル・カリブのレストランに友人のロドニー・サンテロワと腰を下ろす。「インク壺の記憶《メモワール・ダンクリエ》」社を経営する編集者の彼は、モントリオールから到着したばかりだ。テーブルの足下には、最新刊の本を腹一杯詰め込んだ大きなスーツケースが二つ置いてある。私は伊勢海老を待っていた（メニューにはロブスターとある）。サンテロワは塩焼きの魚を注文した。私がパンを齧りかけたとき、ものすごい爆発音がした。最初、機関銃の音なのかと思った（列車の音だと思った者もいる）。ちょうど私の真後ろだった。料理人たちが飛び出てきたので、てっきり調理場のボイラーが爆発したのかと思った。そんな状態が一分ほど続いただろうか。その場を離れるのか、そこに留まるのか、決断しなくてはならない。それも八秒か一〇秒のうちに。うまく場所を離れた者はごく少数だった。一番機転が利く者でも、事態を呑みこむまでに三秒か四秒の貴重な時間を失っていた。ホテルのレストランには私と一緒に、編集者のロドニー・サンテロワの他に文芸批評家のトマス・スピアがいた。トマスはビールを飲み干そうとして貴重な三秒を失っていた。反応の仕方は人様々。どう転ぼうとも、どこに死が待ち受けているかなんて誰にも予測できやしない。みんな揃って腹這いになった。ホテルの中庭、大きな木の根元で。地面が揺れだす。まるで風に舞う紙屑だった。低い唸り声を立てて建物が跪《ひざまず》いていく。爆発というよりは内側から破裂して、腹の中に人間たちを閉じ込めていった。にわかに埃の雲が午後の空に舞い上がっていく。まるで本職のダイナマイト技師が命令を受けて、クレーン車の通行に道路の瓦礫が邪魔にならないように巧みに街を破壊しているかのようだ。

ようやくにして生活が

数十年の騒乱が続いたあと、ようやくにして生活が本来のリズムに戻ったかのように見えていた。笑みをたたえた娘たちが通りを散策していた。夜もだいぶ更けている。素朴派の絵かきたちが、埃っぽい通りの角でマンゴーやアボカドを売っている女たち(1)とおしゃべりしていた。乱暴狼藉は影を潜めたかのようだ。ベレール地区のような下町でも、この半世紀、ありとあらゆることを味わい憔悴した住民たちが犯罪に黙ってはいなくなっていた。親譲りの持病にも似た独裁政治、軍事クーデター、度々襲来するハリケーン。手当たり次第連れ去る人質事件にうんざりしていた。私は到着したばかりだった。ポルトープランスに世界中から作家たちが集まる文学フェスティヴァル(2)のためだ。祭典には人の心を熱くさせるものがあった。はじめて、文学が政治的話題を押し退けて民衆の関心を引いたのだ。国会議員よりも作家の方がテレビに招かれている。政治に熱狂しやすいこの国ではめったにないことだ。文学が返り咲いていた。一九二九年には、ポール・モーラン(3)が鮮烈な評論『カリブの冬』の中でハイチではなにもかもが詩集になってしまうと記している。もう少し時代を下ると、マルロー(4)が画才に恵まれた民衆を語ることになる。一九七五年に最後の

（1）ハイチでは、よく女性の物売りが道端で果物や野菜を売っているのを見かける。特にポルトープランスや隣のペチヨンヴィル市に多く、僅かな商品を並べて道に座っている。

（2）文学フェスティヴァル第二回「驚異の旅人」Etonnants Voyageurs が開催されようとしていた。

（3）Paul Morand（1888-1976）パリ生まれ。小説家、詩人、外交官、アカデミー・フランセーズ会員。モダニスムの創始者の一人として第二次世界大戦前のフランス文壇に君臨した。堀口大學訳による『夜開く』は日本の新感覚派登場のきっかけになったと言われる。『カリブの冬』は、マルティニック島やグアドループ島などカリブ海の島々を旅行したときの紀行文。

（4）André Malraux（1901-1976）パリ生まれ。小説家、政治家。二十世紀前半から半ばにかけての代表的な知識人。ドゴール政権下で文化相を務めた。

旅行をした折のことだ。これほどの狭い空間にこれほどの密度で芸術家たちが存在しているのはなぜだろう、いまでも議論は尽きない。ハイチは島の半分を占めるにすぎず、ドミニカ共和国とカリブ海の只中で一つの島を分けあっているというのに。

静けさ

旅のあいだ、私はいつでも二つのものを身につけている。パスポート（首にかけた袋に入れている）と黒い手帳だ。そこに、視界を横切るものならなんであろうと書きつける。頭の中をよぎるものも全て。私は地面に伏せた姿勢でカタストロフィー映画を思った。地がいまにも裂けて、われわれを呑み込んでしまわないかと震えた。子ども時代から私に棲みついている恐怖が甦ったのだ。われわれはホテルのテニスコートに逃げ込んだ。叫び声や唸り声があがるだろうと待ち受ける。だが、何も聞こえなかった。耳をつんざくばかりの静けさ。ハイチでは、喚声が聞こえないかぎり死者は出ないと言われている。樹木の下にいるのは考えものだと誰かが言った。本当はそんなことはなかった。木の枝一本、花一輪、揺れていない。あの最初の日の夕刻、地震の揺れが四三回も続いたというのに。いまでもあの静けさが耳に残っている。

弾丸

マグニチュード七・三の振動もそんなにすさまじいものではない。まだ走れないこともないのだ。人を殺したのはむしろコンクリートだ。この五〇年のあいだ、コンクリートの饗宴が続いた。小さな要塞のようなビルが続々と建った。木造やトタンの家は柔軟で、揺れに耐えた。狭隘なホテルの部屋の敵兵はテレビだった。誰でもテレビの前に座るので、テレビが観ている者を直撃するのだ。顔面に食らった者の数は知れない。

梯子

われわれはのろのろと立ち上がる。B級映画のゾンビよろしく。ホテルの中庭から叫び声が聞こえてくる。右奥の建物が崩壊していた。アパートの建物は外国人家族向け、たいていはフランス人向けに年間契約で賃貸されている。三階のバルコニーで二人の娘が半狂乱になっている。救い出そうと人々がすばやく動いている。建物の下に男が三人いた。そのうちの二人が梯子を押さえていた。機転のきく若者が庭の梯子を持ち出したのだが、その彼がゆっくりよじ登っていく。年上の娘は首尾よくバルコニーを跨いで、地上に降り立つ。みんなが彼女を取り囲む。若者は再び梯子を登って年下の娘を救い出そうとする。娘は懸命に首を振って降りるのを嫌がる。母親が来るのを待ってくれというのだ。もう一人取り残された者がいることに誰も気がつかなかったのだ。救助にあたっている者たちは無言で、汗だくになっている。ぐずぐずしている暇はない。ビルはなんとか建っていたが、わずかな振動でもあれば今にも崩れ落ちておかしくない。娘は母親が中にいると叫んでいる。階段を伝って出ようとしたのだろう。どこかに閉じ込められているのだ。娘は泣きながら、母親が身動きできなくなっている場所を指さしている。人々はホテルの中庭に突っ立って、瞬時も娘から目を離さない。娘は自分が降りたら、母親が忘れられるとでも思いこんでいるらしい。大気中に一種高熱にでも浮かされたようななにかが漂っている。大地が再び揺らいだからだ。母親はやっとのことで窓ガラスを割って抜け出てきた。娘の方に走り寄る。娘は頑として先に降りようとはしなかった。母親が地面に足をつけるのを見届けてから、ようやく梯子を受け入れた。

小さな祝い事

泣き叫ぶ赤ん坊を抱いて、女が歩いている。私は赤ん坊を抱き取って、あやしてみる。赤ん坊は、恐怖に駆られたハツカネズミそっくりの黒い目で私を睨みつける。その張りつめた様子に私はもて余してしまう。女は、自分は乳母だと言う。親は二人とも仕事に出ているのだそうだ。赤ん坊に湯船を使わせた丁度その時に浴室が揺れはじめ、彼女は体をあちこちにぶつけながら、赤ん坊をかろうじて支えた。階段から建物を出ようとしたが、ドアが開かなくなった。彼女は部屋に引き返すと、赤ん坊を窓の枠に釣り合いをとるようにして置いた。それから、下の階のバルコニーに体を滑らせるようにして降りてから、椅子の上に乗って子どもを再び取り上げた。なんと赤ん坊はその間じっと動かなかった。まるで深刻な状況を理解しているかのようだった。彼女が再び腕の中に抱きかかえるや、赤ん坊は火がついたように泣きだした。まるで生皮をはがれるような声を上げ、二時間泣き続けた。両親が飛んで帰ってきたのは、その後だった。彼らが途中どんな気持だったか想像することさえ憚られる。車はドアを開けはなしにして道路の真ん中に残された。乳母が子どもを渡すと喜びのあまり狂ったように踊りだした。赤子を胸に押しつけるようにして。そこに新たな揺れが再び来て、一時の祝いを中断させたそうだ。

ホテルの従業員

ホテルの従業員は制服で身を固め、冷静さを失っていなかった。はじめは多少の混乱がなかったではないが、それはむしろ、右往左往する客のせいだった。部屋を出ようとしない客もいて、呼びにいかなければならなかった。客は目を宙に泳がせて堂々巡りしているか、ベッドにへたりこんでいた。私は、仕事をこなしている従業員たちの動きをしばらく前から眺めている。やるべき仕事があるという事実のせいかもしれない。彼らはまっすぐ前を向いて歩いている。客の方は足どりがなんだか不確かだ。客が空腹になれば、次々にやってきて、焼いたものを大テーブルに置いていく。すぐそばにはテニスコートのネットがある。ある協会が、レストランの傍の大会議ホールでレセプションを催すことになっていた。食事はすでに用意されている。われわれは遠慮なくいただくことにした。仕切りの傍に警備員が立っていた。客を安心させるためである。私には「観光客」という言葉より

「客」の方が好ましい。ハイチには観光客はわずかしかいないのだから。ホテルにいるのは、ここ数十年来、国のどこに行っても見かけるNGOの人たち、出国できないでいる日焼けした報道特派員、朝から汗だくになっているハイチの政治家と朝食を共にしながら話し込んでいる外国の実業家たちだ。時おり、ホテルの社長が庭を行き来している。監督しているのだ。歩みはのろく、深刻な表情をみせている。考え事に耽っているのだろう。彼の頭の中によぎるものを知るためなら、お金を払ってもいいくらいだ。被害は物的なものだけではない。一瞬のうちに人生の夢が壊れた者だっている。さきほど空に浮かんだ塵は、われわれの夢が粉微塵になってできた雲なのだ。

浴室

地震の最初の揺れが来たとき浴室にいた者の当惑はいかばかりだったろうか。誰もが不意をつかれたが、シャワーを浴びていたら完全なパニック状態に陥るにちがいない。裸だと誰でも無防備に感じる。石鹸の泡に包まれていたらなおさらだろう。浴室にいた者の多くは慌てふためいて、蛇口を締めないまま飛び出て行った。

もの

敵は時間ではない。邪魔になるのは、日々の生活が積み重ねてきたものだ。ものを持ち出そうとするや切りがなくなってしまう。一つのものが別のものを呼び起こすからだ。生活の論理とはそのようなものなのだ。よくドアのすぐ傍で死体が見つかるのも無理はない。傍にスーツケースが置いてある。

恋人よ、どこ？

家族全員が同じ場所、同じ時間に居合わせるのは稀だ。まして、あのような時刻、一六時五三分では。仕事場からはもう出ているが、自宅にはまだ着いていない。日々かつかつの生活をしている家庭なら、母親がこちらにいれば、父親はどこかに行っている。二人が同じ場所に居合わせることなどありえない。子どもたちは学校を出ても道草をくっている。家にいるのは、年老いた親だけになる。私の周りでは、誰もが携帯電話にむかって大声を出していた。「おにいちゃんはどこ」「妹はどうした」「ママ、なにか言ってくれ、お願いだから」「どこにいるの。愛する人《シェリー》」「子どもたちには声をかけたのかい」「どこをほっつき歩いているんだ」。最後は、相手に向かって怒鳴るしかない。まるで、そうすれば相手に聞こえると言わんばかりに。「回線不通か」。そうなると今度は誰からでも携帯を借り受けていた。どこを見ても状況は同じだった。誰もが熱に浮かされたように小さな器具をいじりながら歩いている。つい先程まで彼らを大事な人に結びつけていた道具を。誰もが家族の者や友人の消息を得ようと必死になっている都市とはどんなものだろうか。怒鳴り散らせば散らすほど相手は遠ざかる。人は苛立つばかりだ。誰もが自分だけのドラマに閉じ込められているのだ。そうなると、最小限必要なことに追い詰められていく。生きているか、死んでいるか。それだけだ。そして、あの静けさ。

宵

あの晩、ポルトープランスの住民の大部分が、星空の下で眠った。前の日まで夜は冷たかった。その夜は暖かくて、空に星が輝いていた。私は幼年時代以来、星空の下で眠ったことはなかった。地面に横たわり、身体の奥深くで大地の震えを一つ一つ受け止める。身体と大地が一つになる。私は林の中で小用をたした。両足が震え始める。大地の方が揺れているのかと思ったほどだ。しばらく庭園を散歩してみる。驚いたことに、花々は一番華奢なものでも、茎の上で身を揺すっていた。地震がねじ伏せたのは、固いもの、固定されたもの、地震に抵抗しようとしたものだ。セメントは崩れ落ち、花は生き延びた。

時間

六〇秒がそんなにも長く続くとは思わなかった。まして、夜がそんなにも底知れないとは。ラジオは沈黙していた。放送塔が倒壊したのだ。テレビもなかった。インターネットもない。携帯もない。ごく短時間、通話できただけだ。後はなにをやっても無駄だった。時間はもはやコミュニケーションに奉仕するものではなかった。まるで真正な時間が忍び込んできたかのようだった。最初の激震が続いた六〇秒のあいだに。

居場所

それが来たとき、人々はてんでんばらばらだった。学校にいるか（ぐずぐずしている者）、会社にいるか（まともな仕事がある者）、スーパーのカリビアン・マーケットにいるか（毎月給料が入ってくる者）、でなければたいていは露天の公共市場にいる（彼らは危険と無縁だった）。大多数は、巨大な渋滞にとらわれていた。帰宅時間になるとポルトープランスは大渋滞で麻痺する。その喧騒が突如消え去った。運命の時――一六時五三分。ハイチの時間は二つにひき裂かれた。それ以来、二〇一〇年一月十二日以前と以後の時間がある。われわれはポルトープランスを、動転した子どものまなざしで見つめた。大人がうっかり踏みつぶした玩具を見つめる子どものように。

ラジオ(5)

一台の車が歩道近くに停まっている。エンジンがつけっぱなしだ。ラジオが鳴っている。私は他の地域の状況を知りたかった。被害の規模が気がかりだ。どの局からもザーザー雑音が聞こえるか、録音済みの番組が流されているかのどちらかだった。チューナーを回していくとうまくＲＦＩ《エルフィ》(6)に突き当たった。地震のニュースは流れていない。まだなのだ。私はラジオを消した。運転手はどこに消えたのだろう。車の中にいる方が歩いているよりも危険を感じるらしい。車は乗り捨てられる。それまで百メートルの距離でさえ歩こうとしなかった者たちが何キロも徒歩で向かっていた。この街には、二つのグループの人間たちが隣り合わせに住んでいた。徒歩で行く人々と車で行く人々だ。二つの世界は隣接しているが交わることは、事故のときを除いて決してなかった。隣に誰が住んでいるかなんて、車を乗り回している人たちには知ったことではないのよ、と息子を失った母親が涙を流しながら言っていた。今回に限っては、社会的障壁がはりめぐらされたこの都市を、誰もが同じスピードで動いている。

祈り

夜が不意に落ちた。熱帯ではいつものことである。人々は小声で悩み事を語った。押し殺したような声が聞こえるときがある。誰かが電話で家族の者と交信して、消息が得られたのだ。突如、立ち上がった男がいた。そして説教を始めた。この地震は、われわれの堕落した行動が生んだのだという。男の声が夜空に響きわたった。みんなが静かにと言う。寝入ったばかりの子どもたちを起こしてしまうではないか。ある婦人は、男に心中で祈るように勧める。男は、小声で神に許しを乞うなんてできないと怒鳴り散らしながら立ち去った。今度は、少女たちが宗教歌を歌いだした。あまりに優しい声にあやされて寝入る大人もいた。二時間ほどして、どこからともなく群衆のどよめきが聞こえてきた。数百の人々

（5）ハイチではラジオが民衆の主要な情報源となっている。
（6）ラジオ・フランス・アンテルナショナル。もっとも普及しているフランスの国際ラジオ放送の一つ。

が通りで祈り、歌を歌っている。彼らにとっては、エホバが予告していた終末なのだ。私のすぐ傍で、小さな女の子が明日学校あるの？と聞いている。幼年期の風が吹いているのだ、われわれ全ての者の上を。

動物たち

夜、犬と鶏たちはわれわれの仲間だった。ポルトープランスの鶏は時間にお構いなしに時の声をあげる。私は、普段それを苦々しく思っていたが、その夜だけは雄鶏たちの声が待ち遠しかった。猫の声は聞こえなかった。ポルトープランスは、猫の街というよりは犬の街なのだ。犬はたいてい街路にたむろしているので、ベッドやクローゼットに逃げ込んだ猫と違って生き延びた。鳥たちは、大地が揺れ動くやいなや空に舞い上がった。

群衆

最初の夜、街は折り目正しく、寛大で控え目な群衆で占められた。人々は奇妙に意を決したような顔つきで休むことなく歩き回っている。苦痛には気がついていないかのように、品よく胸の内にしまいこんでいる。世界中から賛嘆の声があがった。地球全体がテレビを食い入るように見つめ、生者と死者が隣り合わせになって区別がつかない奇怪な儀式に立ち会っているかのようだった。マルローが死の直前にハイチに赴いたのは、サン゠ソレイユの画家たち(7)がなにかを直感的に見出していると感じたからなのだ。死を前にしての動揺を無意味にしてしまうなにか。秘密の小径。あんなにも長時間飲まず食わずで瓦礫の下に閉じ込められている人がいることに驚かれている。実は、ごく少量しか摂食しないことに慣れているためもある。どうしてすべてを放置して歩き続けられるのだろうか。ごく僅かしか所有していないからである。持ち物が少なければ少ないほど、人は自由なのだ。私は貧困を礼賛しているのではない。世界中があんなにも感動したのは、ハイチの不幸のためではない。むしろ、不幸を前にしての人々の姿勢なのだ。今回の震災がわれわれの目にま

(7) サン゠ソレイユ Saint-Soleil は、一九七二年に、モー・ジェルド・ロバールとジャン゠クロード・ガルート(別称「ティガ Tiga」)という二人の画家が、ハイチ絵画を商業主義から守るために首都を離れ、山奥に引き込んで民衆文化に深く根ざした芸術を創作しよう開始した運動。マルローは、首都の東側の山岳地帯ソワソン゠ラ゠モンターニュで農民たちと活動を続ける画家たちを訪問した。

ぶしく見せている民は、国の制度が病んでいるために自己を実現できないでいる人たちだ。国家制度が一時的にでも風景から消え去ったお蔭で、塵埃の降りしきる空の下に威厳ある人々が姿をあらわすのが見えたのだ。

歌

子どもたちは少し前から寝入っていた。庭を行き来する人の影が見える。守衛が見張りをしているのだ。不意に歌声が立ち昇った。遠方から聞こえてくる。一人の守衛が外には大群衆がいて（われわれは街路からかなり離れたところにいた）、歌っているのだと教えてくれた。よく響きわたる声だ。私には誰もが心の底から感動しているのが目に見えるようだ。想像を絶する何かが生じている。人々は外に出ていた。彼らは苦痛を静めるために歌っている。森林をおもわせる人の大群が、いまだ揺れつづける大地の上をゆっくり前に進んでいく。瓦礫の山から影が滑り出てきて一緒になった。どうしてあんなにもたやすく群衆に溶け込めるのだろうか。白みかけた蒼い光の中で大空にむけて歌う声が彼らを一つにするのだ。

四三回の揺れ

ときおり軽微な振動が来るたびにわれわれの不安が目を覚ます。むしろ身震いに近い。まるで地そのものが完全な休息を得られないかのように。まだ終わりではないという噂が人びとの間に飛び交っていた。大きな地震が来るという。噂の域を出るものではなかったが。地震の専門家の誰一人としてまだ、事態を説明する発言をしていなかった。ふたたびひどいことが起こるのだとしたら、どうにも身を隠す術がないという事実には受け入れがたいものがあった。じっと待つしかない。新たな揺れが来るたびに、どんなに僅かな揺れでも、眠っていた人の首が持ち上がる。それは警戒するとかげを思わせる。押し殺した声がそこここに聞こえる。次の瞬間になにが来るのか分からないからだ。腹這いになった下でどんな企みが謀られているのか知るよしもない。風や火事から身を守ることはできるだろう。しかし、動く大地から身を隠す術はないのだ。近くの人がどのくらい怖がっているかを横目で測り、自分の恐怖を推し量る。テニスコートの金網の近く、警備員が眠っているあたりで、ラジオが大きな音で鳴っている。ときどき、言葉の切れ端が聞き分けられる。

何度もマットレスの広告を言い立てる声が響いていた。笑うしかなかった。町中が直に地面の上に眠っているというのに。

コンクリートの罠

ホテル中庭のアパートに住んでいる婦人が夜を徹して、コンクリートの大きな破片に閉じ込められた家族に声をかけていた。しばらくして父親の返事が途絶えた。次に三人いる子どもの内の一人が静かになった。まもなくしてもう一人も。婦人はもう少しだけ頑張るように励ましていた。一二時間以上たってから救出されたのは、泣き止まなかった赤子だった。子どもは一度救い出されると、満面の笑みを浮かべた。

革命

パレ・ナショナル(8)が崩落した。税務署が崩れた。裁判所が倒れた。商店は軒並み破壊されている。通信システムはずたずた。カテドラルは倒壊。囚人は逃げ出した。一夜の内に。

革命だった。

外部との最初の通信

夜が明けた。もそもそ人が目を覚ます。まだ眠っている者もいる。徹夜した者たちだろう。夜は恐怖を吹き込み、昼は安堵させるというが、それは誤りだ。全てが起こったのは、真っ昼間だったのだから。ふたたびわれわれはホテルの中庭、繁っている木の下に陣取った。日常品に事欠いていたが、いまも生きていることに人々は酔ったような気分になっている。外部と連絡をとりたいという気持が募った。通信手段（携帯電話、固定電話、インターネット）はまだ完全復旧していなかった。ホテルの入口近くでインターネットに接続できると誰が大声で言った。みんな一斉に駆けて行った。どうしてそのような不思議なことが起こるのか、私はいつも驚かされる。なにかうまくいかない時でも、人間はなんとか

（8）ポルトープランスの中心ともいえるシャン・ド・マルスに建てられた大統領官邸のこと。ハイチでもっとも豪華な建造物と言える。

解決策を見出すのだ。私が走っていくと、ホテルの入口で一群の人が地面に座り込んで熱にうかされたように親しい者たちにメールを送っていた。ぐずぐずしてはいられなかった。インターネットはいつ不通になってもおかしくないと誰かが言っている。傍に汗だくになっている男がいた。なんと彼はニュースを見ている。私は彼からコンピュータを取り上げた。彼は唖然として私を振り返ったが、私の手からコンピュータを取り返そうとはしなかった。で、私は妻にはじめてメッセージを送ることができた。「私は元気だ。でも町はひどいことになっている」。さらに付け加えて、サンテロワが無事であり、一時も離れずに一緒にいる。われわれは、海上で大嵐に襲われた翌朝に無人島に打ち上げられた人間たちのようだと書いて送った。

外

しばらく前からわれわれはホテルの中庭のテーブルを囲んで話をしている。そこに作家のリヨネル・トルイヨ[9]がやって来た。昨夜ここに寄ったが、真っ暗だったので帰ったと言う。彼の健康上の障害を思うと、彼は大変な努力をしたにちがいなかった。自宅から二時間はたっぷりかけて暗闇の中を歩いたにちがいない。しかし、何事もなかったかのようなそぶりだ。今度は車で来ていた。いい機会なので、私は母に会いに行くことにする。電話では連絡がとれなかった。サンテロワが一緒についてくる。ホテルは、表通りから少し入ったところに位置している。百メートルくらいだが、それだけで他の地区から隔離されている。われわれはホテルの優雅な生活から離れて、茹で釜のようなポルトープランスに入りこむ。そして、息の詰まるような現実を目にすることになった。

マンゴーを売る女

ペチヨンヴィル(10)に行く道路で私が最初に見たもの。壁に背を向けて座っている物売りの

（9）Lyonel Trouillot（1956.12.31-　）ポルトープランス生まれ。詩人、小説家。クレオール語とフランス語で詩、小説を発表している。文化相を務めたこともある。主な作品に『革命二百周年の子どもたち』など。邦訳に短篇「島の狂人の言」（『月光浴――現代ハイチ短篇集』所収）。

（10）ポルトープランスの東側にある都市で、山へ続く傾斜面に展開している。碁盤の目状に道路が走り、ハイチの有産階級の居住地区と言われる。

女たち。前にマンゴーが一〇個ほど並んでいる。それが彼女たちの売り物なのだ。彼女にとって、新奇なものなどこの世に存在しない。買ってみようという気にはならなかった。マンゴーは大好物だが。サンテロワが背後で呟くのが聞こえた。「なんていう人たちなんだ!」彼らは、逆境の中で生活の糧を稼ぐことに慣れているので、たとえ地獄に行こうとも希望を失わないだろう。

はじめて遺体を見る

ペチヨンヴィルの入り口で遺体が地面に転がっていた。なぜかきちんと並べられている。数えると八体ある。どのような状況で死んだのかは分からない。誰がこんな風に並べたのかも。住民は崖の下の方に住んでいる。トタン屋根の、吹けば飛ぶような家ばかりだ。誰が道路脇に遺体をこのように並べたのだろう。政府であるはずがない。まだ我に返っていないありさまなのだから。親たちでもない。それなら、なんとか埋葬するだろう。身元不明者なのだろう。町に知り合いがいない人たちだろう。この町には浮浪者が多い。職を見つけるのは容易でないのだ。生活できるところがないかと人々は探し歩く。後になって私にも分かったことだが、死者が多すぎて、個別に埋葬することなどできなかったのだ。刻一刻と死者の数が増えていって、しまいにはすべてを凌駕した。もはや死者のことを話す人はいなくなり、死者の数だけが話題になった。

リズム

ペチヨンヴィルに到着。一〇軒くらいの家が壊れているのが見えた。ほかにもあるのだろうが、通りに面したビルしか見えない。ペチヨンヴィルは地震に耐えたようだ。私は少しほっとした。小さな人だかりがいくつも歩道にできていて、なにやら議論していた。私は、苦悩に打ちひしがれた人々を見るだろうとばかり思っていたのだが、既に生活のリズムがあたりを支配している。どんな不幸も、この世界の貧困地帯の止むことのない日常活動を弛めることはできない。

人生を愛する男

男が一人立っている。脇には大きな赤い塀が延びている。「おれの親父さ」とサンテロワ。なるほど眼差しの奥の小さな温かいきらめきがそっくりだ。猫背にする姿勢も似ている。たしかに二人は赤の他人のはずがなかった。後でサンテロワが語ってくれたが、彼の父親は人生をこよなく愛し、料理に精を出し、家の前を通る物売りの娘とおしゃべりをするのが好きな男だそうだ。女への関心が決して鈍ることのない男。サンテロワはジープを降りて、父親の方に近寄った。私は車にとどまった。二人は何事かをしきりに話している。時々、二人の前腕がぶつかり合う。一〇分ほどして彼が戻ってきた。彼の父はわれわれに手で挨拶を送ってから、塀の門を閉めた。「どうだった」と、おもわず私は彼に聞いた。「ちょうどカリビアン・マーケットに居合わせたいとこがいるんだ。彼女は出口のところにいたらしい。そこへコンクリートの塊が落ちてきた……。もう一歩、前にいたら、なにごともなかったそうだ」。車中の者がみな押し黙ったままデルマ大通りの入口に差しかかった。

カリビアン・マーケット

広大なデルマ地区(11)に入る。貪欲な怪獣とでもいおうか。蛸のような足が延びていて、ペチョンヴィルをいまにも扼殺せんばかりだ。ペチョンヴィルはブルジョアの住む華奢な郊外都市だが、物乞いの数が増えてきている。デルマはひっきりなしに車が行き来し、人間と車がたえず触れ合わんばかりになっている地帯。さまざまな騒音(クラクションの音、叫び声、サイレンの音)が、興奮してやまない群衆から立ち昇ってくる。ばかでかい店が道路に並んでいて、その裏には大小の家が無秩序に立ち並んでいるので、隣のことは一向にお構いなしと言わんばかりの空間になっている。はじめてこの乱雑な場所に入り込んだ者は、道を教えてくれる親切な人がいなかったらいつまでも堂々巡りすることになる。国

(11) ポルトープランスや、特にペチョンヴィルの北側に隣接するようにして延びている地区。ルート・ド・デルマ Route de Delmas という大きな通りの他に、デルマ三一番通りや、デルマ三三番通りなどがある。「蛸のような足」というのは、そうした幾つもの通りを指すのだろう。首都から空港に行くにも通過しなくてはならない比較的新しい地区。

家が介入して、入口に番号を振って、少しでも秩序を与えようとしたことがあったが、無駄な努力だった。まるで空襲にあった地帯に見える。五軒に一軒の建物が崩れ落ちている。車の流れはごく僅かだ。お蔭で驚くほど交通がスムーズだ。カリビアン・マーケットを指さしてくれた。この時間はいつもならお客が犇《ひしめ》いている。私は心臓が締めつけられた。石の塊が降ってくる光景を想像してしまったのだ。中程度に懐が暖かい者たちは、仕事から抜け出て、ここに立ち寄り、必要なものを揃える。彼らがその日の噂をするのもここだ。偶然の出会いを利用して、いろいろな誘いの声をかけるのだ。カリビアン・マーケットは、最近二〇年ほどのあいだにあちこちに増えてきたプチブルジョアジーの生活にとっての交流の場になっている。

お金

短い時間だが、お金が流通経路から消えたことを記しておこう。数時間のことだが、三百万の住民がいる首都で、なにを買うにせよ、銀行紙幣を出す者がいなくなった。店舗が破壊されているので、商品が手の届くものとなった。もはや与えるか、交換するしかなかった。取引というものは、一般に生者のあいだでなされる。しかし、この都市の生きている者たちが、死者や行方不明者のことしか考えなくなり、必死になって街のあちこちを探すようになったのだ。たしかにごく短いあいだではあった。人々は埋葬が終わるまでお金のことを考えなかったわけではない。わずかでも未来に目を向けられるようになると、お金のことを考えるようになった。

黄色い薄っぺらな板

既視感。このあたりは見覚えがある。私がキョロキョロしているのを見て、トルイヨが車の速度を落とす。たしかにジナンテレビの建物だよと彼が言う。コンペ・フィロが働いている場所だ。私は昨日ここにいたのだ。午後三時三〇分まで。四時五三分までいてもおかしくなかった。コンクリートの塊が二つあって、その間に、小さな黄色い薄っぺらな板が見えた。ナンバープレートくらいの大きさだ。あの小さな車の変わり果てた姿。フィロとのインタヴューの後、私をホテル・カリブまで連れて行ってくれた車だ。すっかり崩れ落ちた建物を調べていると、記念品の脇に写真が何枚か奇跡的に無傷で残っていた。昨日、ジナンテレビの社長の机に置かれているのを見た。愛想のよい女性で、フィロが手短に私に紹介してくれた。私は午後五時までにホテル・カリブに戻っていなければならなかった。ああでもない、こうでもないと散々迷った果てのことだった。彼は自ら私を車でホテルまで連れて行きたいと言うのだった。そうすれば、途中、少しでも話をする時間があるというのだ。結局、彼は若いジャーナリストが私をホテルまで送っていくことに同意してくれたのだ。テレビ局の建物の残骸の下でつぶれている、あの小さな黄色い車で。建物は奇怪な迷路だった。昨日、私はそこで白い服を来た若い娘たちが恍惚として合唱しているのを見た。説教師が、調整が出来ていないマイクの前でがなり立てているのを聞いた。あとになって、廊下を歩いていくと、それが宗教儀式の再放送であることが分かった。同じ時間に、フィロは、スタジオでヴォドゥ(12)と民衆文化を弁護していた。この建物は、私に、後を向くやいなやなにもかもが増殖する死のジャングルを思わせた。今朝になって、建物の中にいた人々の消息を言える人(従業員)は誰もいなかった。誰もが自分の心配事で心が一杯らしい。ジナンテレビを出るとき、もし火事があったら生存者はいないだろうという想念がよぎったことが思い出される。

音楽椅子

街を出歩いている人が目立つ。もしかしたら親戚の者とすれ違うかもしれないと希望を抱いているのだろう。友人か、近所の人か、単なる知り合いでもいいのだ。誰かによって、生きていることに嬉しくてたまらない気持を認めてもらいたいのだ。人はいまだゾンビなのだ、誰かに自分の名前を大声で言ってもらわないかぎりは。まだ誰も会っていない者はもしかしたら死んでいるのかもしれなかった。その彼にしても、われわれが死んでいると思っているにちがいない。生きているわれわれとの再会を願いつつ。どこで死がわれわれを待ち受けているのかを知る方法などない。会う約束を果たすことに必死になっている者も幾人かいた。数秒前に運命の場所を離れた者もいた。まさにその瞬間、われわれの命をコインの裏表に賭けていたことを知る由もなかったとは。私がジナンテレビを出たのは、

（12）ヴォドゥは、西アフリカの信仰が奴隷と共に渡ってきて、ハイチの歴史や風土の中で独自の発展をとげた民衆信仰。普通、「ヴードゥー」と表記されるが、「ヴォドゥ」の方が本来の発音に近い。

午後五時にホテル・カリブにいるためだった。その反対のことだってありえたのだ。街全体が参加した椅子取りゲームといったところだ。椅子よりも人の数の方が多いところに音楽が鳴り出す。一六時五三分に音楽が鳴りやむまでに空いている椅子を見つけなくてはならないのだ。

エス《それ》(13)

これから数年間、なにがわれわれを待ち受けているのだろう。考えもつかない。人は、三つのカテゴリーに分類できるだろう。家屋と同じに考えればいい。死んだ者と、重傷を負った者、そして身体深くに傷を受けたが、それをまだ知らない者である。この最後の者が一番心配だ。体はしばらく以前通りだが、あるとき突然に粉々になるだろう。音さえ立てないだろう。内部にありとあらゆる叫びを押し殺しているからだ。いつの日か、彼らは内側から破裂する危険に晒されている。それまでは健康そのものに見える。一種の人のよさが、元気のよさに結びついている。死に触れたことに由来する、存在することの至福感がある。彼ら自身と、彼らに棲みついたイメージとの間に隔たりをおくことならできるだろう。彼らは、ときに目を嬉しそうに輝かせて、エス《それ》について語る。どうしてそんなことができるのか。まさにそこなのだ。彼らは備えているわけではない。しかし、エス《それ》を生きたことがありながら、まるでなかったかのように歩き続けることなどできない相談だ。ある日、追いつかれてしまうだろう。なぜエス《それ》と呼ぶのかといえば、それには名前がないからだ。

亡き友について

フィロと出会ったのは、一九七〇年代末だった。場所は演劇学校《コンセルバトワール・ダールドラマティック》だったろうか。授業の終わった後の女子高の広い教室を使っていた。サッカーの試合を二人で観に行ったことがあった。シルヴィオ・カトールスタジアムだったろうか。レーシング・クラブと黒鷹《エーグル・ノワール》か、ヴィオレットの決勝戦だった。フィロはいつでも私の人生の中にいたとしか思えない。いつも腹を空かし、芸術と革命を一緒くたにしている仲間の一人だった。ハイ

(13) 原文では ça。「それ」とも訳せるが、フロイトのエスの概念を意識していると考えられる。

チ・インターというラジオ局でジャーナリストを募集していたときがあった。フィロが入社した。最初はひどいものだった。あまりに反抗的なので、ラジオ局の厳格な規則を守れなかった。彼には時間の観念がないのだ。担当番組に平気で三〇分も遅れてきた。しまいには上司がうまい方法を見つけた。一日の番組構成の最後に置いたのだ。彼は好きなときに来てよかったし、好きなことをしてよかった。聴取者は不眠症の者たちだけで、彼が夜を過ごすのを助けてあげたのだ。フィロはたちまち人気者になった。庶民階級が住む地区の若者特有の冷やかしと、利発な精神は、社会のあらゆる階級から歓迎された。ジャン＝クロード・デュヴァリエ(14)は国内の影響力あるジャーナリストたちを投獄し、一九八〇年十一月に国外追放したが、そのなかにフィロも含まれていた。当時は、こうしたジャーナリストを「独立派プレス」と呼んでいたものだ。ベビー・ドック(15)が一九八六年二月に亡命すると、彼らはみな本国に戻ってきた。この異議申し立てジャーナリスト・グループに幾つかの不和が生じた。そのため、活動休止に追い込まれた者もいた。フィロが街をブラブラしていた時期があった。私がポルトープランスを訪れる機会があると、彼の消息を尋ねたが、彼がどこにいるのかいつでも分かるというわけではなかった。彼はいろいろなことに手を出しているという話だったが、ようするにもはや同じジャーナリスト仲間ではないということを伝える、気の利いたやり方だった。彼に最後に会ったのは二〇〇八年で、ホテル・キナンだった。ジナンテレビの彼の番組のために私にインタヴューをしに来たのだ。フィロは他の者たちと一線を画する存在だった。目立った進歩をとげた者は彼のほかに見当たらないのではないか。彼は頭の中で活動をやめなかったのだ。たしかに、宗教的な言辞を振りまき、ハイチの左翼を警戒させるかもしれない。しかし、利発なところは以前と変わりないし、自分の信念を人に押しつけない洗練されたところがある。あの日、彼は私にポーランドの黒い聖母の絵図を贈ってくれた。ヴォドゥ信者は、エルズュリのポーランド版(16)と見なしている。私はいまでもその絵図をもっている。フィロの伝統的な衣装と農民

(14) 一九五七年の総選挙で選出されたフランソワ・デュヴァリエ大統領はまもなく独裁政権となり、彼の死後(一九七一年)、息子のジャン=クロード・デュヴァリエが引き継いで、一九八六年に国外退去するまでその体制が続いた。
(15) ジャン=クロード・デュヴァリエはベビー・ドックと呼ばれた。彼の父フランソワ・デュヴァリエはパパ・ドックと呼ばれていた。
(16) エルズュリはヴォドゥのロア(精霊)の一人で、愛、美、富などを司る。ポーランドが突然出てくるのは、一八〇四年の独立に導いた戦争の中で、もともとはナポレオン軍として送られてきたポーランド兵が黒人独立派につき、独立後、ハイチにとどまったことが背景にある。

風の帽子は、彼が一九七〇年代から抜け出たことがないような印象を与える。知識人たちの間で、真正さを求める、あの強烈な探求心が時代の刻印になっていた時期だ。独特の衣装はおいておくとしても、ハイチのもっとも精気のある精神の一つを私はそこに認めるのである。私はレックス劇場[17]の前で一月初めに彼と出会ったのだが、十二日に会う約束をしたのだった。デルマ大通りのラジオ局が待ち合わせ場所だった。インタヴューは一時間以上遅れて始まった。フィロは庶民文化にしか興味のない素振りを見せるが、それを真に受けるわけにはいかない。彼は他の多くの分野によく通じていた。彼の癖は忘れることができない。口の端に浮かべる微かなほほ笑み。真に受けるほど間抜けではないよという意味だった。それはともかく、彼は私をホテルまで送り届けたいとこだわりを見せたが、ラジオに財政援助をする意向のあるアメリカの実業家グループをまず迎え入れてからということだった。それを待っていたら、私は遅刻する恐れがあった。すぐに出なければ、午後五時の約束に間に合わなかった。フィロはしかたがないと受け入れてくれた。私は時間通りにホテル・カリブに着き、出版経営者ロドニー・サンテロワを迎え入れることができた。彼は、本で一杯のスーツケースを二つ持って、モントリオールからやって来た。シャワーを浴びたいと言ったが、私はまずはホテルのレストランに行こうと言った。そして伊勢海老と塩味で調理された魚を注文したのだ。給仕がパンの入った籠を持ってきてくれて、私がパンを齧りかけたとき、ポルトープランスが揺れ始めた。

短篇映画

頭の中で何度も、爆発に先立つあの数分間のことを思い起こすのは、出来事そのものの再体験が不可能だからである。出来事は私たちにあまりに張りついて棲みついている。動転した心を持っていたらどんな距離もとりようがないではないか。それは永遠に現在でありつづける時なのだ。あの時よりも前の瞬間なら細々としたことまで思い出せる。映画の短いシーンのようなものだ。人々が笑っているところだった。泣いていた。ああでもないこうでもないと話し合っていた。口論していた。抱擁していた。誰かが遅いので不機嫌になっていた。食事をしていた。物乞いをしていた。挨拶を交わしていた。明日か、でなければ夕刻に会う約束をしていた。もう嘘はつかないと相手に誓っていた。盗みをしていた。

(17) 映画や演劇の劇場。首都の中心、大統領官邸のあるシャン・ド・マルス広場に面している。

殺していた。拷問にかけていた。守れるはずのない約束をしていた。大切な人を亡くした人を慰めていた。病院で死にかかっていた。サッカーをしていた。はじめてポルトープランスに到着したところだった。あるいは国を離れたところだった（飛行機が離陸したときだった）。こうした小さなことがらなら思い出せる。そんなことがわれわれを互いに結びつけ、しまいには巨大な人間のネットワークを編んでいるのだから。午後四時五三分を境にして、われわれの記憶はいまも揺れ動いている。

緑のジープ

クラクションが短く三度鳴った。少し前から緑のジープがわれわれの跡をつけてきたが、とうとうわれわれに追いついた。なにが起こったのかといえば、ドアから腕が伸びていたのだ。葉のない木の枝のようだった。彼らの説明によれば、生きている人たちに挨拶をするために街を回っているのだそうだ。車は右折した。私の母はデルマ三一番通り[18]に住んでいる。

フランケチエンヌ(19)の家で

車はしばらく前から同じところを巡っている。狭い道が迷路のように交差していて、どうしても袋小路に行き着いてしまう。ようやくのことで上り坂に入ると、フランケチエンヌの家にたどり着いた。分厚い赤壁。そのためか、要塞のような雰囲気が漂っている。家はひどくやられていた。ねじ曲がった電柱が入り口を塞いでいる。電線が門の大扉にひっかかっている。電線があると指さしてくれたのは、隣に住んでいる人だ。私は上方を見上

(18) デルマ市の道路には番号がついていることが多い。Delmas31 や Delmas33 といった具合である。「デルマ三一番街通り」という訳も考えられるが、街というよりは住宅街なので、本文のような訳にした。

(19) Frankétienne (1936-　) サンマルク生まれ。画家、小説家、劇作家。現代ハイチ文学を代表する作家の一人。前衛的な作品を次々と発表するが、同時に、ハイチ国民から深く広く尊敬されている。クレオール語(特に演劇作品)とフランス語の作品がある。小説に『デザフィ』(一九七五年)、『スキゾフォンの鳥』(一九九三年)など。演劇に『トウフォバン』(一九七七年)『ペランテット』(一九七八年)など。邦訳に短篇「私を生んだ私」(『月光浴——現代ハイチ短篇集』所収)。

げた。壁に大きな穴が開いている。書庫がめちゃめちゃになっている。地面に這っている電線に注意を払いながら門を開けた。感電だけはしたくなかった。地震を免れたばかりなのだから。彼が出てきた。われわれの声に気がついたのだろう。あんなに動転した彼を見たことはない。湯通しにされた伊勢海老のようだった。彼に芝居染みたところは全然ない。赤裸々な苦悶。彼は長い間われわれを腕の中に抱き留めた。彼の妻が姿を現した。いつものように控え目で、彼の背後に隠れるようにしている。その微笑はいつもよりも寂しそうだ。フランケチエンヌは、いつもの彼らしいやり方で出来事を語ってくれた。彼はポルトープランスの街を自分の腹の中に抱えているのだ。誰もがそれを感じ取る。彼は後ろを振返って、崩れた我が家を打ちのめされた様子で眺めやった。列車の音を聞いたそうだ。たいていの人とそこは同じだが、次に「ポルトープランスの内奥にあるものが破砕される音」と言い切った。いかにも詩人のイメージだ。そして、あの雲を彼は大火事だと最初思い違いしたが、実は「粉々になったわしの街」だったと言う。彼がこの街と一体なのが感じられた。われわれは互いの視線がぶつからないようにした。午後の空を渡る鳥の声が聞こえた。フランケチエンヌは鳥が丸裸の山の方へ飛んでいくのをしばし眺めたが、それから再び話の穂を継いだ。彼は南アメリカのジャーナリストと一緒にテラスに出ていたのだそうだ。その時すべてが訪れた。宇宙の諸力と一体になっている彼にはそれが地震だとぴんときた。すさまじい勢いで階段をおり、ジャーナリストも後をついてきた。途中台所の妻をせき立て、中庭に向かった。そう語り終えると、彼は息を切らしたように口をつぐんだ。フランケチエンヌは平凡な日常の網に絡めとられていることもめずらしくないが、今度だけは、その巨人のごとき渇望を尺度に測れる出来事を見出したようだった。被害を免れたのは庭だけだった。そこは何度となくトルストイやジョイス、でなければ神について論じた庭だ(フランケチエンヌは些末なことにこだわりはしない)。しばし無言の時間が流れた。それからフランケチエンヌは不意にわれわれに気がついたかのように、被害状況の検分に誘った。画布が何枚も床に落ちていた。壁画で飾られた広い壁には罅《ひび》が走っていた。彼の家は自作が所狭しと並んでいるギャラリーである。いたるところに本がころがっていた。芸術家であり画商でもある彼は、ルネサンスの人間そのものである。前回の訪問のときは、何百もの絵が保管された倉庫に私は案内された。あの日、彼は一枚選ぶように促した。今日、あの倉庫はどうなっているだろうか。私は彼に尋ねかねた。にわかに彼が語り始めた。それに合わせて体も動かし始めた。爆発の半時間前に、彼はまさに地震を扱った戯曲の練習をしていたのだそうだ。彼は中庭の真ん中に立ち、台詞をつけて演じ始める。われわれは後ずさりして、演技に必要な空間を空けてあげる。それは、「ひき裂かれ、罅が入る」ポルトープランスを語るものだった。フランケチエンヌは、われわれを前にして地震を言葉で再演してみせた。予言者のごとき独演。妻のマリー＝アンドレが横目でちらちら様子を窺っている。彼が度を越さないように見張っているのだ。不意に彼がおとなしくなった。われわれは傍に寄った。もはやかつてそうであった疲れを知らない男ではないのだ。彼はついそれを忘れてしまうことがある。かなり以前から彼を知っている私には、彼がどれだけ心を痛めているかが手にとるように分かる。彼は自分のことで泣いているのではない。彼が決して離れようとしなかったこの都市を嘆いているのだ。この戯曲が舞台にかけられることはないだろうと、フランケチエンヌは感じているのだ。「災厄を招く」作品なのだ。そんなことはない。いまやこの戯曲はあれ全体の一部になっているのだと皆が彼に説得した。ポルトープランスは、この地震を消化しなくてはならない。われわれが呑み込まれてしまわないためにだ。逃げるのではなく、「あれ」に対峙しなくてはならない。下町では、すでに「あれ」と呼ぶならわしがあるらしかった。もしわれわれが消化して血肉にしたいのなら、それに名前をつけることだ。フランケチエンヌは彼の住居を出た方がいい。人々が彼の姿を目にする必要がある。先程の若者のようにだ。先程の若者は、私が門扉の前で躊躇しているのを見て、通りの反対側から大声で言ったのだ。「家だよ！　詩人は家にいるよ」。

十字に組まれた腕

道の真ん中に立って腕を十字に組み、一人の女が天に向かって説明を求めている。家族を全員亡くしたのだとすぐに分かる。彼女には自分が救われたことがむごい仕打ちに見える。家の者はみな食卓についていた。彼女が中庭に火にかかった鍋を取りに行ったとき、揺れが始まった。機転をきかして料理を救った。そして後を振り向くと、家が石の堆積になっていたのだ。どうして家族と一緒に死ぬことを許してくれなかったのかと、彼女は神を責めている。われわれは女が立ち去るのを待ってから、車を先に進めるしかなかった。

母の家で

母はフランケチエンヌの家からあまり遠くないところに住んでいる。車が最初の角を左に曲がって狭い道に入る。胸が締めつけられる。ところが、日陰の狭い通りの家はどれもちゃんと建っているようだ。どういうことなのだろう。車はゆっくり進んでいく。いつもとは違う静けさ。凝固したような土地。なにが待ち受けているのか先回りして知ることなどできない。義弟が立っているのが見えたとき、心臓が強く打った。弟（詩人のクリストフ・シャルルだ）が、大きな赤い門扉の前に立っていた。なにか腑に落ちないような顔をしているが、それはいつものことだ。車は壁に沿って停められる。私は、母の家の向かいにある新築の家がぺしゃんこなのを目で確かめるだけの余裕があった。後の祭りだ。家主は誇らし気にしていたものだ。義弟がお愛想に微笑んだのを見て安堵した。何かが起こっているのなら、弟は外にいないだろうと自分に言い聞かせる。あまりぬか喜びしないことだ。万が一ということだってある。私はクリストフにだらりと手を差しのべる。彼は中に入るように差し招いただけだった。家の者が全員中庭にいる。甥のダニーもいる（私と同じ名前なのは、私を亡命に追いやった独裁者に好き勝手にさせないためだ）。甥が地震の瞬間に大学かどこかにいたらと思うとぞっとする。甥はたまたま家に寄ったのだった。暗くなる前に家に帰ることなどめったにないのに。デルマ三一番通りは交通の便がいたって悪い（公共の交通機関が通っていない）し、車も持ち合わせていないので、いつもは父親が授業の終わった彼を途中で拾うのだ。しかし、今回にかぎって甥は自宅にいあわせた。家にいる者といったら、他に八十過ぎの母（私にさえ、年齢を言ってくれない）とルネ叔母さんしかいない。おまけに叔母は手助けなしには身動きできないときている。家族全員が無事だということになる。残りは私だけで、みんな私を待っていたのだ。ルネ叔母さんは中庭にマットレスを敷いて、そこに陣取っていた。もう慣れた様子だ。上気した母が私を抱き寄せる。耳元に口を近づけていつもの口癖を囁く。「わたしゃ、この国のことならなにもかも見たよ。何度軍事クーデターがあったかねえ、ハリケーンは次々にやってくるし、なにもかも駄目にする洪水もあった、代々続く独裁政権にもおつきあいしたよ、そして今度は地震なんだねえ」。母は、最近二〇年間にわれわれを襲った自然災害を正確にとらえている。独裁政権が自然災害に入るかどうかは別にしても。おそらく数多の不幸の根源に独裁政権がある。でなければ、まさに論理的に繋がっているのだ。母は「なにもかも見た」と言ってきかない。私はじっと見るしかなかった、全てを見たという母の眼を。悲しみの色はまもなく眼の中から消えていった。妹が茶をついでくれた。苦い味が緊張感をほぐしてくれる。ルネ叔母さんが私の手を握った（以前よりも骨張っている）。家はそんなに傷んでいるようには見えない。母は私の腕を取って、居間の小さな罅《ひび》割れを見せてくれた。浴室にももう一つあった。こちらの方が大きい。大したことはないだろう。ただ、母の気を揉ませるには充分だ。これだけ動転させられたのだから、この恐怖感はなおも長くわれわれに棲みつくだろう。死がこれほど不意に且つ大量に襲った以上、われわれの心から簡単に出て行くはずがない。あまりに巨大なので、われわれは悲嘆に投げこまれるどころか、むしろ酩酊にも似た感覚が徐々に昇ってくるのが感じられる。普段はあんなに心配性な妹さえ、にわかに軽薄になったように見える。今日の問題があまりに大きすぎるので、昨日の細々した煩悶が消されてしまうのだ。ついに水の底の底まで落ちたので、今度は水面に向かって浮上するしかないという感覚。それに、まだ生きているという素朴な喜びもある。

甥

私は、甥と中庭を少し歩いた。窪地になっている向こう側に立ち並ぶあばら屋はどれも無事のようだ。昔からの壁は落ちていた。車のボンネットに座った。

「書いてみるつもりだよ」と私は言った。

「ふーん、そうなの」

「今度のことについてね」

まだはっきりと地震のことは口に出しかねた。

「わかったよ」と重々しく言う彼。

一夜にして大人になったように見える。

「なにを考えているんだい」

犬が一匹、通りを登ってきた。何を食べて生きているのだろう。人間さえ追い詰められているというのに。犬はすばしこく、細身に見える。あれなら瓦礫の中から食べ物を見つけられるかもしれない。

「伯父さん、ちょっとお願いがあるんだ」

ことは深刻だと私は感じた。

「何だい。言ってごらん」

「おれ、今度のことについてなにか書いてみたいな」

「書いちゃいけないなんていうことはないさ」

甥は頭を上げなかった。まだ言うことがありそうだ。

「どうしたんだい」

「伯父さんには、書いてほしくないな」

甥の目は冷たくはなかった。

「そういうわけにはいかないよ。だって……ほら（私は黒い手帳を見せた）、いつもこうしてメモをとっているんだよ」

甥は笑った。

「そうじゃないよ。そういうことを言いたいんじゃない。日記を書くのは全然かまわないよ。でも、小説を書いてほしくないんだ」

開いた口が塞がらなかった。私は甥がとうとう話すのを黙って眺めるしかなかった。今回のことは彼の時代の出来事であって、私のではない。私の時代とは独裁政権なのだ。彼の時代は地震だ。それを描けるのは、彼の感性しかないと言いたいらしい。

「そういう約束はできかねるな。ある本が書かれたからといって、別の本の出る幕がなくなるわけではないよ」

そこで私は自分の見方を披露した。いずれにしろ、そのような小説は私の資質には向かない。そのためには、私が持ち合わせていない能力が要求される。おまけに自然が書いてしまっている。その偉大な小説は、古典的な筆致で、舞台をある場所（ハイチ）、ある時刻（一六時五三分）に設定して、二百万人以上の登場人物を舞台にのせた。そんな自然の挑戦に応じられるのは、トルストイくらいしかいない。私は横目で甥を見た。意を決したような顔つきをしている。ホメロスにとっては、もし神々がわれわれの上に不幸を降り注ぐなら、それは人がそこから歌を生み出すためだ。トルストイでもいいし、ホメロスでもいいが、人は自分がそのような大作家になったように感じるものだが、それは書き始めるまでのことだ。だが、もしこの若者が腹の中になにかを持っているのだとしたら？　帰り際に、母が私のポケットに封筒を滑り込ませた。

教区

デルマの高速道路に出るには、あらためて大きく迂回しなければならなかった。ようやく私は封筒を開ける。中には聖母像が入っていた。裏に頼りない文字で、アルタグラス教会の司祭が祝福してくれた聖母像だと書かれている。アルタグラスというのは、家族がデルマに引っ越して以来、母が通っている教会だ。新しい教会に馴染むほうが、新しい土地に慣れるより遥かに難しいものだ。カルフール・フォイユに家がある頃、母は聖ジェラール教会に行っていた。母のよく知っている教会だった。ラフルールにいる頃から通っていたからだ。そのころは聖アレクサンドル教会の方がずっと近かったが、聖ジェラールに行っていたのだ。そこのミサに母は三〇年以上通っていたので、近所の人達とも馴染み深くなっていた。市場や教会でよく出会ったのだ。だから、最初、アルタグラスが気にいらないところばかりだったのもやむをえなかった（司祭の口調までが母の苛立ちの元だった）。母はアルタグラスの物乞いが嫌いだった。聖ジェラールに比べて、しつこかった。最近は、母はアルタグラスでなければ落ち着かなかった。母が朗々とハレルヤを唱えるのを聞くことになったのは、アルタグラスの教会が無事だったと私が言ったためである。聖ジェラール教会の消息は入ってこないが、カルフール・フォイユの街は全滅だそうだ。

トルイヨの家

リヨネル・トルイヨの住んでいる地区に着く。車が一群の人々に取り囲まれてしまう。大声でなにやら言っている。しきりに腕を振っている。次第に呑み込めてきた。怪我人がいるらしい。ただちに病院に運ぶ必要があるということだった。トルイヨは群衆が使えるようにもう一台車を用意して事態の収拾を図った。騒音が遠ざかっていく。家に向かってゆっくりとしか前進できない。しきりにドアの把手にしがみつく者がいるのだ。近隣の様子を教えてくれるというのだ。質素な家の小さな中庭に腰を下ろす。どこを見ても草木が取り囲んでいる。ここは気持がいい。まもなくトルイヨの兄が車椅子に乗って現われた（身体が不自由なのだ）。車椅子がわれわれの傍に置かれ、彼が会話に加われるようになった。いつものように笑みを湛えている。どんなことにもへこたれないのだ。ミシェル゠ロルフ・トルイヨは、クレオール語で書かれた最初のハイチ史の著者だ[20]。

彼には以前モントリオールで会ったことがある。ちょうど、この本を書いていた頃のことだ。当時、ニューヨークで教職に就いていた。クレオール語で書かれた歴史書が一冊もないのは信じられないと彼は言っていた。この言語は奴隷が自分を語る言語なのだ。あの植民地から一つの国を樹立するためにあれだけ戦った奴隷たちの言語である。彼にとって、

（20）Michel-Rolph Trouillot　シカゴ大学教授。『クレオール語で書かれた最初のハイチ史』は一九七七年にニューヨークで出版されている。*Ti difé boulé sou Istoua Ayiti.* New York: Koléksion Lakansièl.

それは決定的なことだった。彼はまた、クレオール語が感情の言語でフランス語は精神の言語だという見方に与しなかった。サンゴール[21]の言葉はよく知られている通りだ（情動がニグロ的で、理性がギリシャ的[22]）。彼はハイチの歴史にマルクス主義の眼差しを注ぐ。八〇年代に燃え上がった論争が思い出される。彼は断固として、歴史上の事象に明確な説明を与え、起こったことに対する彼のマルクス主義的見方を説得力あるものにした。彼はいつでも、私の左側に物静かに座っているような年老いた賢者であったわけではないのだ。健康上の理由で彼が以前と同じような濃密さで研究を続けられないのは惜しい。

私たちは、このいまだかつて経験したことのない状況について話し合った。周囲では人々が走り回っていた。まるで戦争の前線にいるようだ。われわれがこれ見よがしに落ち着きはらっているのは、離れたところから見張っている人々にわれわれが状況を把握していることを理解させるためだった。トルイヨの家の者たちは話をしながらも、周囲に目を光らせていた。怪我人を病院に連れて行く車はあるが、運転手がいないという。まるで、この地区の作戦指揮にあたっているかのようだ。コーヒーが届くのと運転手が来るのと同時だった。運転者はたっぷりコーヒーを飲んでから病院に向かった。でなければ途中で空腹で倒れかねないという。コーヒーのお蔭で周囲のヒステリックな雰囲気が収まってきた。

われわれのやることも壺を押えるようになった。このあたりの被害は深刻だったが、早くも短い笑いが聞こえてくる。われわれはそこを出ると、カリブ大学の前を通る。トルイヨの姉妹の一人がこの大学を細腕で運営しているのだが、全壊だそうだ。数十名の死者が出ているらしい。

ホテル・モンタナ

警官たちが道路を封鎖している。ホテル・モンタナに向かう坂に巨大なクレーンが入るところだ。ホテルは、この斜面のきつい道路を登り切ったところに聳えている。汗と泥にまみれた男が私の座っている側のドアに近づいてくる。フランス学院長だとはすぐに気が

(21) Léopold Sédar Senghor (1906-2001) セネガルの詩人、政治家。セネガル共和国初代大統領。フランス語圏の黒人文学運動「ネグリチュード」の指導者の一人。

(22) サンゴールは、黒人文学の特質を、「情動がニグロ的で、理性がギリシャ的」という趣旨の言葉で説明した。ミシェル=ロルフ・トルイヨは、クレオール文化にサンゴール的な解釈を与えることに反対している。

つかなかった。青年たちに読書を教える時の彼の情熱に打たれたことがあった。今日、彼は救助隊の一員として、上で作業しているのだ。私はあのホテルに宿泊したことがあった。十二月の初めだった。どんな酷いことになっているか想像する気にはならない。モンタナの周辺で大がかりな作業がなされている一方、その脇で助けを求める者がいる。死者を葬るためだろうか、それとも生きている者を救助するためだろうか。そんなことは知りようもなかった。車の傍に立っている男は、いまいましいというほどの表情ではなかったが、モンタナがすべてではないぞと言っている。しかし、大商談の契約が結ばれ、重大な政治決定がなされるのはあそこなのだ。困窮した者たちに関心を示す国際的なスターたちがお気に入りのホテルでもある。人道支援組織の派遣員がよく泊まってもいる。たいていのジャーナリスト（特にテレビ関係）が何年も前からプレスセンターとして使っているのもあそこだ。モンタナがプレス関係から受け取る巨額な収入は想像がつく。モンタナの瓦礫の下に相当数の死者（そして、何名かの生者）がいることは間違いない。数秒で崩れてしまったのだから。交通を遮断していたクレーンがようやくモンタナに通じる坂道に入って行った。通行許可のサインがわれわれに送られてくる。

ジョルジュの死

スーパーマーケットの駐車場に車が並んでいる。一〇台くらいだろうか。傍に停める。中に入ると、商品が散乱していた。ワインのコーナーはボトルの半数が床に落ちている。赤ワインの海に散らばったガラスの破片を踏んで歩く。棚はほとんどどれも空だ。サンテロワはようやく鰯の缶詰を手に入れた。ミネラルウォーターのボトルを一ダースほど積み込む。客が列に並んでおしゃべりをしている。レジの係員は小さなノートを見つめている。計算しているのだ。後を振り向くと、写真が張り付けられていて、ジョルジュとミレイユ・アングラード(23)の死を報じている。私は昨日彼らにホテルで会った。二人は私的なレセプションに出席していた。いつもながらのいたずらっぽい笑いがジョルジュの眼差しに輝いてい

(23) Georges Anglade (1944.7.18-2010.1.12) ハイチの地理学者、政治家、作家。デュヴァリエ政権への厳しい批判者。一九七四年と一九九一年にケベックで亡命生活を送る。ハイチの滑稽譚ロディアンに関する著作がある。

た。腕を広げて友人を迎えるときの熱っぽいしぐさ。ミレイユはもっと繊細で細やかさがあったが、彼に劣らず温かかった。あの謎めいた微笑。アングラードはいつものように笑っていた。体の肉の隅々を震わせながら。近年彼は、ロディアン(24)を広めるために全精力を傾注していた。ロディアンの語り口は、ハイチ人の世界観に密接につながっていると彼は言っていた。彼にとって、ハイチ人は生まれながらの語り部で、現代では書くことの中で語りの術を実践しているというのだった。ごく最近はハイチの小説作品の相当数を(「ハイチ独立から今日まで」をあの貪欲さで)読み直していた。彼は、最良のハイチ作家が夜の語り部であることを発見していた。ハイチの書き言葉《エクリチュール》の根源に口承性があり、彼のお気に入りの言い方に従えば、語り文学《オラリチュール》がハイチ文学の源泉なのだった。いつものことながら大袈裟なところがあったが、それも彼の真摯な気持から来ていた。この男には、人を引き込むエネルギーがあった。なじみの友人と食事を共にして際限のない議論をするのが好きだった。この地理学者は政界に出た(25)こともあったが、本当の情熱は文学に向けられていたと思う。度し難い夢想家だった。ミレイユを連れ立っていないジョルジュを想像することはできないが、二人は一緒に亡くなったのだ。

悲しい眼差しの少年[26]

テニスコートの金網の傍に立っていると、シャンタル・ギーがやってくる。モントリオールの日刊紙『ラ・プレス』[27]のジャーナリストだ。写真家のイヴァノ・ドゥメールがすぐ後をついている。ということは、二人は無事なのだ。二人は離れられなくなっている。私がホテルの中庭にうつ伏せになり、周囲のものが次々に崩れ落ちている間も脳裏から離れなかったのはシャンタル・ギーのことだ。彼女に来るようにしつこく誘ったのは私なのだ。彼女はいつまでも迷っていた。誰にしろハイチに来るように説得するのは容易ではない。

（24）口承的な性格の強い滑稽譚。十九世紀末に、国民文学の創始者と言われるジュスタン・レリソンやフェルナン・イベールが日刊紙『ル・ソワール』にロディアンを連載するようになってから急速な発展を遂げた。
（25）アリスティド政権とプレヴァル政権に参画している。
（26）『タイム』誌二〇一〇年一月二十五日号の表紙に用いられている。
（27）一八八四年に創刊されたモントリオールのフランス語日刊紙。

最初は頷いてくれる。いまでも惹きつける力を秘めた国ではある。そこでメールが盛んにやり取りされることになるが、その内、ピタリと止まる。友人や家族にやめた方がいいと言われるのだ。インターネットで検索すると、危険極まりない国だと紹介されている。どうしようということになり、結局は中止になる。シャンタル・ギーには、私はねばりにねばった。彼女が少しでも躊躇するそぶりをみせると、そんなことは根拠がないと丁寧に説明した。私には、ケベック作家代表団に有能なジャーナリストが同行することは不可欠なことだった。おまけに友人なのだ。私がケベックに暮らすようになって三四年になるが、文学関係の業界にいる者なら私は誰でも知っている。現役の作家なら、大部分、読んだことがある。そろそろケベックの作家たちがハイチ人の自国での生活振りを見に行ってもいい頃だろうというのが私の持論なのだ。(28) あまり健全なことではないと私は思う。あなたのことをよく知っていて、あなたの生活の細部にまで入り込んでいる人間が家にいるのに、その出身国についてまったく無知であるというのは。テレビのドキュメンタリーで観たからといって、それで一つの文化を知っているということにはならない。ましてジャーナリストなら、物事について適切な理解を得るには、現地に行くしかないのだ。そして、土の匂いを嗅ぎ、樹木に触れ、本来の環境の中にいる人たちに出会わなければならない。私は非難しているのではさらさらない。ケベックとハイチの作家の対話を期待しているだけである。アメリカ地域における二つのもっとも大きなフランス語話者の集団なのだから。シャンタル・ギーはなかなか首を縦に振らなかったが、最後にはウイと言ってくれた。そこに地震が来た。運命の時がやって来たとき、私が彼女のことを想ったのも当然なのだ。彼女が宿泊しているヴィラ・クレオールホテルが深刻な被害を蒙ったと聞くと（あの夜はありとあらゆる噂が流れていた）、いてもたってもいられなかった。その彼女が、燃え盛る炎の中から現れ出たヴィーナスのように、悠々としてやって来たのである。写真家イヴァノ・ドゥメールが彼女にぴったり寄り添っていた。彼はむしろ含みのある表情をしていた。シャンタル・ギーにとって、ポルトープランスは啓示だった。自分の影にさえおびえる娘が、荒れ狂う自然に立ち向かう勇敢な女戦士に変身していた。ドゥメールはと言えば、その日に撮った写真によって、少なくとも一週間、地球上でもっとも有名な写真家になった。彼の写真は世界中の新聞に載ったのだ。あの感動的な写真。少年が苦痛と威厳の混じった眼差しを私たちに向けている写真は、長いこと、われわれの記憶に残るだろう。柔らかい光

（28）ケベック州にはハイチ系の移民が多い。

が彼の表情を照らしていて、フランドルの絵画を想わせた。しかし、写真家は、突然の名声と破壊された街の間でひき裂かれているようだった——どちらかがなければ他方もない。居心地が悪い思いをしなくてもいいのだ。陰鬱な眼差しの少年は残るだろう。

文化

藪から棒にジャーナリストが、こうしたことすべてをどう思うかと私に尋ねる。彼女は書き留めるために手帳を取り出す。苦痛を前にして文化はどんな価値がありますか。こんな場所ではホテルのロビーで質問を受けるのとは違った響きがする。私の周囲を見回すだけで状況が判断できる。だが、会話は弾んで笑いさえ洩れた。人はありとあらゆる方法を使って脱出口を求めるものだ。私たちのまわりの全てが崩れてしまったとき、残るのは文化なのだ。しかし、この都市を救ってくれるのは、彷徨を続けている民衆だ。埃にまみれた通りで生活を送っているあの群衆の生きる意欲だ。私は、昔からの素朴派の画家たちが教えてくれるものについて話した。画家たちは、周囲に悲嘆が満ちているときにこそ豊穣な自然を描いてみせることを選んだのだ。

喪に服する男

彼は通りの片隅で煙草を吸っている。傍で、美術商があらためて絵を壁に掛けている。風が吹くなら吹け。暑気にあたるならあたれ。埃がかぶってもなんのその、と言わんばかりだ。男は、上等な喪服を着込んで洒落ている。黒い帽子。周囲の騒動など我関せずという顔をしている。じっと動かない。煙草を取り出して火をつけるだけだ。どんな状況においても冷静さを失わない人がいるものだ。私は彼に近寄った。彼はすぐに煙草を差し出した。よもやま話をする。火急の問題だけは避けた。次第に一つ、二つと彼について分かってくる。私は、外見とは違ってダンディーとはほど遠い男であることを知った。彼の母親が先週の初めに亡くなったのだ。彼はその葬儀代さえ支払える状態になかった。彼の喪服も含め、なにからなにまで払ってくれたのは彼の姉妹だった（姉妹が三人いて、ニューヨークに住んでいたのだ）。彼女たちは一昨日帰る予定にしていた。しかし、出発を遅らせて、ここから遠くないところで売りに出ていた美容室を彼に買ってあげたのだ。彼は美容師だったが、仕事が長続きしたことがなかった。彼の姉妹は、彼が自分で経営者になるなら心を入れかえるだろうと考えた。彼女たちが窮地を救ってくれたのは一度や二度のことではない。しかし、この殻潰しの状態が彼に自殺を考えさせるほどに鬱に陥れたのは昨夜が初めてだった。彼はまた煙草に火をつけた(私は断った)。そうしてから地震の話になった。それが来たとき彼は広場にいた。すぐさま戻ってみると、家は破壊しつくされ、彼の姉妹は瓦礫の下で死んでいた。彼はいつまでも煙草の先の火を見つめている。寝不足で真っ赤になった彼の眼の中で私の眼とすれ違った苦悩はあまりに彼だけのものなので、私は自分が目障りであることを悟った。私がその場を離れたとき、彼は再び煙草を吸い込んだ。

ホテルの部屋

私は自分の部屋に上がってみる決心をした。中庭に面した壁面は損傷している。しかし、ホテルは倒壊していなかった。破片がいたるところに落ちている——どれだけ建物が傷んでいるのかを見積もろうとしても、本当のところ無理な相談だった。私は階段を上り、二階に行った。そこから見ると、入口のロビーはひどくやられていた。私は、先にどんなことが待ち受けているか見当がつかないまま、冒険を続ける。そこまではうまく行った。だが、ホテルはいつ崩れてもおかしくない。私は部屋の前にきた。ドアは閉まっている。電子カードを出す。それが機能するとはとても思えない。地震で電子システムが動かなくなっているにちがいなかった。ともかく私はチップのついたカードを差し込む。緑の小さな明かりがつく。私は中に入る。部屋はそのままだった。テレビだけが床に投げ出されている。スーツケースがあるのを確かめる。借りたコンピュータは枕元のテーブルから動いていない。残っていた二つのマンゴーがじっと私を待っていた。コンピュータの脇で。私は持ち出せるものをすべて持ち出す。この瞬間に同じようなことをやっている者が多数いるだろうと私は想像してみる。その人にとってなくてはならないものを救い出そうと懸命なはずだ。でも他の人間には不用にみえるかもしれない。部屋にいつまでも残っていてはいけなかった。こんな大それた行為がとんでもない結果をもたらしかねないことを私は意識していた。死はわれわれの傍を通って、われわれの内に怒りを残す。それがわれわれに神々に挑む気持をおこさせる。ベッドに横たわってみたいという、抗しがたい欲求に私は捉えられる。馬鹿なことをやっているという思いがすんでのところで私に翻意させる。まだ終わっていないのかもしれないのだ。新たな揺れがホテルを地面になぎ倒すかもしれない。私は自分がどのくらいの時間、部屋にいるのかよく分からなくなっている。昨日から時間の観念が消えていた。私は一分が一つの都市の生命を左右してもおかしくないことを今では知っている。私にとっては、新たな濃密さだった。結局、私はドアを開け放しにして部屋を出た。カードが二度目も機能するとは思えなかったので。

羽目を外す時

われわれは樹木の下に陣取っていた。そこへラム酒のボトルを手にやって来た者がいる。ボトルはテーブルの真ん中に置かれた。たとえ地獄に墜ちようともアルコールを見つけ出す者がいる。彼はバーの棚でそのボトルを捜し当てたのだ。ゴールドラッシュのごとく人が集まる。まもなく訪れる夜の不安に耐えるための唯一の救いだ。私はどんよりした目で、ランプの下に羽虫が集まってくるのを見る。それからボトルへの攻撃が始まった。私の神経に障る音楽が耳元でなり始める。みんながボトルを回して直に口をつけて呑みはじめる。しつけや衛生観念が禁止していることをつぎつぎにやってみたい時なのだ。ラム酒のもたらす陽気さ。誰もが馬鹿なことをやってみたい気持に駆られる。こんな状況は二度と来ないだろう。昨日の方が今日よりも受け入れやすかったが、明日になればもう遅すぎるにちがいない。誰もが気を取り直していることだろう。それに、仲間内でいられるのは今のうちだけだ。明日か、今夜にも、余所者が加わるだろう（もう紛れ込んでいるのだろうか）から、集団的な狂気に没入できなくなるだろう。いずれにしても、まだ終わったわけではない。余震はまだ続いている。マグニチュードが二か三あがれば、われわれは再び時間の外になげだされるのだ。私にどうしても理解できないことは、日常生活の馴染みの道を踏み外すようなことを誰も試みないのはなぜなのかということだった。なにもわれわれを静止するものはない。牢獄も、カテドラルも、政府も、学校も、なくなった。何かをやらかしてみる時ではないか。その時はやってこないだろう。革命は可能だが、私は自分の席に座ったままである。

神々への捧げ物

鰯の缶詰を開ける。私は、レストランのテーブルにパンを置き残したままだったことを思い出す。サンテロワと私は、そのパンを取りに行く。現場に立ち戻るのは初めてのことだ。何ひとつ変化していなかった。木造のレストランは、コンクリートで造られているよりも柔軟なのだ。パンの籠もまだ同じところにあった。神々への捧げ物を盗んでいる感覚。

二日目の夜

夜に備えて寝所を定める。誰もが昨夜眠った場所へと戻っていく。すでに自分の印をつけてあるのだ。入口付近が騒がしくなった。警備員がマットレス、シーツ、枕をもってやってくる。枕は、高度に洗練された域に憩うことを示す印である。頭が体と同じ高さにないのだ。昨夜に比べると大変な違いである。一晩ぐっすり眠れば、多少の揺れにはびくびくしないようになるだろう。われわれには図太い神経が求められている。もはや昨夜の不安はなかった。昨夜は朝が再び来るのかどうかさえも確信がもてなかった。不安というよりは、神経がまいっているのだ。大地が震えるのさえ止まってくれればと誰もが願っている。庭に赤い点が動いているのが見える。煙草を吸っている男がいる。

嫌な女《アンメルドゥーズ》

この狭い区画の中では人々の気質がすぐに見えてしまう。人間の主要なタイプはここにすべて揃っている。即席のキャンプはどこでも似たようなものだろう。すぐに見分けがつく。ケチな奴、嫉妬深い奴、気前のいい人、楽観主義者、悲観主義者、策士、慎重派、無口、嫌な奴。私のところには嫌な女がいる。彼女は自分のことだけしか話さない。たぶん、ここにいる人たちは大部分、親族に死んだ人か怪我人がいるはずである。しかし、彼女はお構いなしだ。彼女の夫が生存していることはもう分かっている。しかし、彼女はなおもそれが疑わしいことででもあるかのように、皆の注意を集めようとする。すべてに不平たらたらだった。彼女に言わせれば、ハイチ人は今回の震災に責任の一端があった。これほどまでの不幸を呼び寄せるなんて、なにか罪を犯したにちがいない。話はいつまでたっても終わらなかった。こんないい天気なのに、寝るのはもったいないと彼女は言った。それはその通りだった。空はすばらしく、大地は度重なる痙攣ですっかり熱を帯びている。私には、彼女と背中合わせになっているくらいなら、怒り狂った蚊の大軍に襲われる方がまだましだった。私は、マットレスを離れたところに移した。

一人の若者

彼が現れたのは、今日の午後だった。音も立てずに隅に腰を下ろしていた。足が痛いという。マエットは、常日頃首輪をつけていない犬を迎え入れている人だが、彼を見るとただちに保護の下に置いた。彼が両親を失ったと聞いては尚更のことだった。彼女は若者を介抱し、追い出そうとする警備員から庇った。最初の夜は、われわれの敷地内に見知らぬ人を匿っても許された。泥棒さえショックから立ち上がれないでいたからである。野外で寝起きするのはいつであろうと一抹の危険を伴う。旅行者は垂涎の対象を二つもっている。金と有効なパスポートだ。おまけに、われわれのスーツケースは塀のところに並べられている。男たちは拳を握りしめて眠っている。夜番をするのは、微かな音にも注意を払う女たちの役目だ。彼女たちは庭を影が通りすぎるだけで頭を起こす。たいていは、誰かが小用を足すために木を探しているのだ。女たちは、鉄格子の近くに場所をつくって用を足している。そうしておけば、安全な区域から外に出なくてすむ。女たちの不安は暗闇がわれわれを包みはじめると手にとるように伝わってくる。幸いにして、あの歌声や祈りの声が夜の間、女たちをあやしてくれる。

朝の会話

私はしばらくの間、あの老婆が孫と一緒に歌を歌っているのを見て時間を紛らわした。二人は、テニスのネットの反対側に寝床を作っていた。まるで別の街にいるとでもいうような印象がある。歌は川を遡る鮭のようにすばやく私を幼年時代にまで連れて行った。二人が低い声で話をしているのが聞こえる。私はシーツを被って、吹き上がるように襲ってくる朝の思念を書きとめる。地震とはなんの繋がりもない夢想だ。そこから見えてくるのは、私の精神が怯えて閉じ込められている空間から抜け出したがっているということだ。押し殺した笑い。私は頭を起こす。二人はまだ低い声で話をしている。祖母と孫。この二つの存在は時の深淵によって隔てられているにもかかわらず、深い共感によって結ばれている。根底では、二人は夢の充溢する同じ世界に生きている。人生の初期と終わりにおいては、生活の負担になるような責任に煩わされない時間がある。この自由な時間が少年期と老年期の間のすばらしい共感を許しているのだ。祖母は孫が日常の持つ恐ろしさを見なくてもすむように必死の努力をしている。このようにして、おき火の上で踊ってみせることができる人がいる。無頓着な者とか無責任な者と思われているが、本当は例外的な魂の強さを備えた人たちなのだ。血なまぐさい時代を気落ちせずに生き抜くことができるのは、彼らが集団的不幸に個人的なドラマを付け加えるには及ばないと考えているからだ。私の祖母は、憎しみや復讐心とは違うものを私に教えることによって独裁者の爪から守ってくれた。私からあまり遠くないところにいるあの祖母は、恐ろしいイメージの代わりに、不確かになった記憶から引き出した歌や神話を孫の頭の中に入れてあげようと懸命の努力をしている。

最初の状況確認

朝になるとすぐに状況を確認するために集まった。いつまでもこんな無気力状態にいるわけにはいかない。なにかしなくてはならない。だが、なにを？　街はカクテル・シェーカーよろしくたっぷり振動をお見舞いされたばかりだ。まだ呆然自失から抜け出ていない。

しかし、ポルトープランスには地球全体の眼差しが注がれている。テレビで繰り返し放映されている破壊の映像は世界中の人々のエネルギーを吸い込んでいる。おそるおそる再開したラジオからはぞっとする報道が吐き出されている。インターネットは断続的にしか機能していない。一〇分もすればウィンドウが消えてしまう。電話は不通のまま。千年も前に起こったことのような印象がある。いずれにしてもわれわれはまだ状況の深刻さを呑み込めていない。死者を目撃した私でさえ、いまだ夢心地の有様だ。ホテルから一歩も出なかった者たちにすべてを語ってあげたわけではなかった。数字を口にする者がいる。一〇万人、いや二〇万人と言われても抽象的だ。一万人増やしてみたり、減らしてみたり。まるで死者の一人一人には注意を払うに値しないかのようだ。こうなるのも、無論のこと、気が触れてしまわないためだ。誰もが、真っ先に裸で通りを駆け抜けるような真似だけはしたくないと必死に自分を押さえている。現実を考えないようにしている。なぜなら、問題はまさに現実だからだ。

風評

略奪がもう始まっているという風評が流れている。このホテルの中でも例外ではない。だれもが浮足立っている。部屋の金庫がことごとく荒らされたらしい。中庭やホテルのあちこちに人の輪ができて話をしている。自衛手段を考えているのだ。おめおめとおとなしく喉を掻き切られるわけにはいかないぞ。それじゃあ、杭に繋がれた山羊と同じだろう。口角に泡を飛ばしてる。そのうち話し疲れてくる。私は走って行って、警備員に聞いてみる。なにも報告は届いていないそうだ。ルーム清掃係の女性たちのところに行く。特に変わったことはないと言う。ホテルの経営者たちはどうだろうと思ったが、やはりそんな話を聞くのは初めてだそうだ。金庫は無事というのが事の真相だったのだ。風評が、なめらかな表面に注がれた油のように広がっていくのを未然に防ぐ方法はこれしかない。

落ち着きを保った都市

結局、秩序が混乱するような事態は起こらなかった。それを期待しているジャーナリスト（もちろん、みんながみんなではないが）がいないわけではない。略奪が広まった後の日刊紙の第一面は想像がつくというものである。野蛮な国に真っ先に到着したジャーナリストがテレビで行うコメントにしても同じである。そうしたものの代わりに、人々は威厳ある民を見出した。彼らは気丈で、辛い欠乏に耐えた。地震が来る前から空腹を抱えていたことを知っている者は、どうしてあんなにも落ち着いて救助の到着を待っていられるのか驚くしかない。いったい彼らはどうやって飢えをしのいでいたのだろうか、食料配給が始まるまでの一カ月間を。ああして、治療も受けられずに街をうろついていた病人たちはどうしていたのだろう。困難にもかかわらず、ポルトープランスは冷静さを失わなかった。スラム街の人々が列を作って配給水のボトルを受け取っていた。そういう場所がつい数カ月前までは危険な地域とされ、国家が法秩序を維持できていない場所とされていた。この変化はなにに由来するのだろうか。この国はショックを待って初めて目を覚まし、目も眩む墜落を阻む気になったということなのだろうか。もう少し慎重に待たなければ、このように大きな出来事が一つの国の運命に与える真の影響を知ることはできないだろう。いまのところは、あの冷静さを評価してあげることだ。別の次元の破局（今度は社会的な）がいつ来てもおかしくないのだから。

アモス・オズ(29)

一月五日、ハイチへ向けて出発する直前、私はモントリオールでサンテロワと一緒に夕食の席についていた。その時、彼がこの本『海だけが』をプレゼントしてくれたのだ。この作家を読むのは初めてだ。以前からアモス・オズは私を惹きつけてはいた。サンテロワは自分用にも一部用意していた。そこで、それぞれ一冊ずつ持って声を出して読むことにした。私が詩に抱いている信頼は限りない。詩だけが、世界のおぞましさから私を慰めてくれる。サンテロワは立って読む。私はスーツケースの上に座った。彼に言わせれば、私はアモス・オズと同じ強迫観念をもっている。母親、村、彷徨。彼は次の短い詩を読んでくれた。

私はそんな考えに与しないよ
母はそう言う
うろついているのが相応しいのは
心が乱れている者さ
息子よ、口づけをしなさい
マリアの足に
彼女の胎《はら》がまたたくまに
私にお前を連れてきたのだから

私は、彼との若干の違いを感じないではない。私の母はむしろ呟くのであって、話をするのではない。内に秘めた歌なのだ。それに対して、アモス・オズの母の声はもっとしっかりしているようだ。彼の母は命令さえ与える。「息子よ、口づけをしなさい　マリアの足に……」。私の母は、そのような言い方を持ち合わせていない。命令法という法《モード》は。ア

（29）Amos Oz（1939.5.4-　）イスラエルの作家。邦訳に『私たちが正しい場所に花は咲かない』（大月書店、二〇一〇年）などがある。

モス・オズの母においては、全てが受難として生きられる。私の母は、全てが温和の内にある。

身支度

サンテロワが私について来る。途中、プールの水をバケツに入れる。浴室はレストランの下に位置している。ホテルの従業員を除けば、誰もそこまで行こうとした者はいない。プールの近くには大きな白いタオルが二つあった。誰も奥まで入ろうとしないのは、揺れが来たときにこの狭い空間に閉じ込められはしないかと恐れているからだ。私たちは体を強くこすって、あらゆる不幸の痕跡をぬぐい去る。おしゃべりをしながら体を拭いていると、厳しい試合を終えた後のスポーツ選手のようだ。清潔な衣服に着替える。それから、外に出る。テニスコートの上で私はスーツケースを開け、剃刀と香水を取り出す。みんながわれわれの方を見ている。最初はあっけにとられた顔で。それから、みんなも動きはじめた。ようやく悪夢から目覚めたかのように。ミシェル・ルブリは体を洗いにいくと宣言して、はじめてコンピュータから身を振りほどく気になる。数分後戻ってきた時はすっかり陽気になっていた。女たちは口紅を取り出した。私は戦利品でもあるかのように二つのマンゴーを取り出した。たしかに、ホテルの部屋に入ったときは敵地に侵入したかのような気分だった。ナイフを貸してもらった。私は、みんなにマンゴーの薄い一切れを分けてあげる。私がマンゴーを人と分かち合うには地震がこなければならなかったのである。

決断

この儀式が終わりかけている頃に、テニスコートの金網越しに人がやってくるのが見えた。カナダ大使館の館員たちだ。ホテルを回って、帰国を望むカナダ国籍の市民たちに飛行機の用意があると知らせにきたのだ。一三時ころカナダ大使館から出発するという。すぐに決める必要がある。サンテロワにはカナダ国籍がないので飛行機に乗れないということだ。サンテロワを置いて出国はありえない。私は少し時間をくれるように頼み込む。われわれは樹木の下に行って、話し合うことにする。出発するのか逗留をつづけるのか。よくあるジレンマだ。しばらくして、私は大使館員のところに行き、同行すると告げた。私は即断することを学んでいた。最初の揺れのときにすぐさま決断しなければならなかったのと同じなのだ。いまいるところに残るのか、他に行くのかを一〇秒で判断しなくてはならない。それは大きな違いになるが、まだ決めかねる気持ちが残っていた。皆と一緒に残るように言う私の心と、向こうにいる方が皆のためにも役に立てるという私の精神との間で揺れていた。結局私は、出国の便を提供されるのは今回かぎりかもしれないと考えた。

意味論戦争

空港で飛行機のところまで歩いていく途中で、カナダ・テレビ局のジャーナリストから質問を受けて、離陸の直前に私はハイチを形容する新たな語がリストにつけ加えられたことを直感した。長いあいだ、ハイチは世界で最初に独立を果たした黒人共和国として、また、アメリカ大陸において合衆国の次に独立した二番目の共和国として見られてきた。ハイチの独立は、マティーニを飲み、お祭り気分の中でばらまかれた砂糖菓子の芝生に響き渡る華やかな演説によって実現したのではない。ヨーロッパ最大であったナポレオン軍との雄々しい戦闘によって勝ち取られたのだ。私の幼年時代は、自由への欲求と蛮勇以外にはどんな武器も持ち合わせていない奴隷たちの数々の物語が子守歌だった。私の祖母は夏の宵に、武器にしろ戦闘技術にしろ、全てを敵方から奪い取るしかなかったわれわれの英雄たちの武勇伝を話してきかせたものである。フランス語という言語さえも「戦利品」なのだ。ところが、降って湧いたように、一九八〇年代末頃からハイチと言えば、貧困と腐敗だけが話の種にされるようになった。一つの国が腐敗することなどありえない。腐敗があるとしたら、それは国の指導者である。国民の四分の三は、不治の病のような貧窮に耐えて自分たちの尊厳を保っているのであり、そんな罵詈雑言を浴びせられる筋合いは全くない。彼らは「ハイチ」という声が聞こえると、自分たちのことではないかと感じる。悪口を言われて自分に向けられているのではないかと感じるのも、裕福な者たちではなくてやはり彼らなのだ。最貧国、たしかにその通りだろう。数値がそれを示しているのだから。しかし、だからといって、その歴史が抹消されていいのだろうか。歴史を反芻してばかりいるとわれわれは非難されるが、他国以上ではない。たとえば、フランスのテレビが増収を図る時には、ナポレオンを取り上げたシリーズ番組を制作する。フランスの歴史、あるいは英国の歴史を題材とした映画や書籍がどれだけあるだろう。あるいはベトナム戦争についてでもいい。ところが、あらゆる時代を通じて最大の植民地戦争だった戦争、奴隷たちが自らの意志だけを支えにして市民になった戦争を取り上げた映画は一本もない。ところが今や、そのハイチを地中深く埋葬しようとする意図による新たなレッテルが立ち昇ってくるのが見える。ハイチは呪われた国であるというのである。途方にくれたハイチ人にまで、そう言い出す者が出る始末だ。絶望しきっているのでなければ、他人から投げつけられた侮蔑を受け入れられるものではない。この語の息の根を止めるには、それが芽生えた場所において闘うしかない。西洋の世論という場である。私にできる議論は一つしかない。呪われていると言われるに値するどんな悪をこの国がなしたというのだろう。一世紀の間に二度も世界戦争を引き起し、最終解決を提案した国がある。だが、誰も呪われた国だとは言わない。人々の困窮に冷淡な国で、自国の強力な金融街から地球を飢餓に追い込んでやまない国がある。だが、呪われた国だとは言われない。それどころか、神々か、それとも大文字の神によって祝福された国民だと自認している。だとするなら、どうしてハイチが呪われていることになるのだろうか。悪気がなくて使っている人がいるのは承知している。次々と降ってくる不幸な出来事を形容する言葉が他に見つからないのだろう。この語は適切な言葉ではない。なによりもまず、現代における困難極まりない試練の一つに立ち向かっているこの国の人々が示しているエネルギーと威厳を見れば分かることではないか。しかし、日一日とそれに抗して闘うのが厳しくなっている。誰かが「呪い」という言葉を電波に乗せれば、たちまち癌のように転移していく。次には、ヴォドゥ、野蛮、食人習慣、血を飲む人々を語りはじめるのだろう。それをくい止めるだけのエネルギーを私は内に感じている。

不安の夜

モントリオールに到着したのは真夜中だった。妻は空港に迎えに来られなかった。その場で出会った人たちが家まで連れて行ってくれた。妻も私に劣らず憔悴しているように見えた。ここ数日は、彼女にとって過酷だったにちがいない。一晩と一朝の間、彼女のレーダーから私の影が消え去ったのだから。未経験《ジャメヴュ》の事態。ジャーナリストたちがひっきりなしに電話してきて、私の消息を知りたがったが、妻にしても彼ら以上に何かを知っているわけではなかった。あの瞬間、私がどうしていたかなど、知る由もなかったのである。まだホテルにいたのかどうか。あるいは余所にいっていたのか。死亡していることさえありえた。一六時五三分という時刻は、人がどこにいてもおかしくない。しかし、私は、夜、何度か電話をかけてみたのである。電話は鳴ってはいたが、誰も出てこなかった。彼女に言わせると、電話をかけてきたのは私だと感じたが、なにも聞こえなかった。一種の虚ろな電話だった。まるで別の世界からの電話のようだったそうだ。その話を聞いて、私は寒気を覚えた。妻は迷信深いところがまったくないだけなおさらだった。妻がこだわることはただ一つ、私生活を守ることである。私が公の席で、妻の話を五分以上することはめったにない。妻は、同時に二つの大きな危機に対処しなくてはならなかった。消息不明の私と、マスコミである。たいていのジャーナリストたちは礼儀正しかったそうだ。しかし、ちょっとした混乱がなかったわけではない。どうしても理解できなかったことは、私が消息不明だという事実が情報になりうるということである。彼女のその言葉を録音させてくれるように頼んだジャーナリストがいた。彼女は頑固に、言うことはなにもないと答え続けた。なぜなら、私がどこにいるか分からないからである。気の毒なジャーナリストが最終的に理解したことは、どんなことであろうとニュースになりうるという馬鹿げたシステムに彼女が通じていないということだった。ほどなく夜になった。眠気はない。妻は手元に電話をおいたが、静まったままだ。いつものようにクロスワードに集中することさえできなかった。私が彼女のことを語りすぎると、早くも妻は思っているにちがいない。亡くなった人がいる人々の話をした方がいいと。だが、私としては、電話が鳴るのを待ちわびている者なら、それが誰であろうと、血液中に不安が広がってくるのであって、それを語っているにすぎないのである。私が思い出すのは、ルーサン・カミーユ(30)の詩(「病院の夜」)を締めくくる言葉である。詩人は、ポルトープランスの病院のベッドで夜が白むのを待っていた――「熱病患者の聖母よ。不安な者たちの聖母よ。夜中に駆けめぐる想念に慈悲あれ」。

TVの小さな画面

ハイチでは、全景が見えるほどには物事に距離をとることができない。ごく身近な人た

(30) Roussan Camille (1912.8.27-1961.12.7) ジャクメル生まれ。詩人、ジャーナリスト、政治家。若い時から頭角を顕し、時の大統領ステニオ・ヴァンサンの日刊紙『ハイチ新聞』の主幹になる。さらに、パリのハイチ政府代表部の第一参事官にまもなく任命され、二十四歳でヨーロッパに渡る。アンドレ・ブルトンやエメ・セゼール、サルトルなどと交際があり、またラテン・アメリカの知識人たちとも深い交友があった。キューバ革命時にはフィデル・カストロから称賛を受けている。ポルトープランスの夜の生活を愛し、ポール・マグロワールの軍事政権の中枢にいながらも、左翼的な作品を発表しつづけた。

ちのことで精一杯で、ポルトープランスの他の地区で何が起こっているかなど知るよしもなかった。ラジオ局はまだ完全には復旧していなかった。水を確保し、負傷者を病院に送り届けてやり、親がいまだに現われない子どもたちの面倒を見なければならなかった。誰もが、家族の者がみな無事かどうか知ろうと手を尽くしていた。他人の消息を聞く気にはとてもなれなかった。友人の死の報は、いつでも衝撃である。ハイチではそうしたことすべてを直接的に、それも一度に一カ所だけ（自分がいる場所）で体験するが、外国では街全体のパノラマが眺められる。ＴＶの画面は瞬きをしない。数百のＴＶカメラでつくられる変幻自在の眼があらゆるものを見せるのだ。すべてが剥き出しになり、一様にされる。死は慎みを失う。なぜなら、カメラはそこで階級も性も区別しない。到着後、それは数時間前のことだったのだが、今や私はベッドに寝込んでいる。そして、目の前を流れていくおぞましい光景から目を離すことができないでいる。あの壊滅的な光景を私が後にしてきたばかりなのだとはとても信じられない。もっとも辛いのは、これでもかとばかり見せつけられる不幸の数々ではなく、テレビカメラの冷たい視線がけろりとしていることだ。睡魔が首筋に触れる。張りきっていた心の緊張を弛める時だと警告に来たのだ。

コップの水

汗まみれになって目が覚めた。寝室が動くのを感じた。枕元の小テーブルに置いていた本がばらばら床に落ちている。悪夢にうなされて手を動かし水の入ったコップを払いのけたにちがいない。私はいつでも手の届くところに水の入ったコップを置いている。夜中に起きて本を読む習慣があるのだ。特に詩を読む。この程度の粗相に胸を衝かれるのは、ハイチの水不足を知っているからだ。水は沸騰させなくてはならないが、まず火をつけるのが簡単なことではない。マッチが不足している。私は、煙草がなくなった街で追い詰められている煙草のみたちのことを想った。そして、ハイチ名産のラム酒を醸造するバルバンクールの社屋が大きな被害を蒙ったという噂を。私は濡れた床を見つめながら、水を求める人々の姿を脳裏から払いのけることができなかった。普段の私なら、ある場所の苦しみを別の場所に持ち込むことに反発を覚える。困難に直面している人が解決を見出すのを助けてあげられるようにするためにも、自分のエネルギーを蓄えた方がいいのだ。ポルトープランスで水が不足しているからといって、ケベック州でも我慢しなければならない理由はない。私は首の下に枕を挟んで身を起こした。消音にしてテレビをつける。映像が音もなく行進していく。切れ目のない流れ。腕を十字に組んだ女たち。当てもなくさまよう人々の長い列。若い娘がなにかをしきりに語っているが、私には聞かなくても彼女が体験したものが理解できる。テレビをつけたまま再び眠りに入った。消してしまったら、われわれに訴えかけている人々の鼻先でドアを閉めるような気がするからだ。どちらにしても、なにが起こっても対応できるように枕元に電話を置いているのだが。

ハイチ零《ゼロ》年

今朝は早い時間にテレビをつける。すると、政治評論家が登場して、ハイチは地震の前のことをすべて忘れるつもりになるなら、うまく再出発できるだろうと言っている。決して褒められたものではない地震以前の状況が一時《ひととき》披露される。やり方そのものがショックを与える。というのも、評論家とジャーナリストがゆったりと座っているその背後に、(画面一杯に)悲惨な映像がつぎつぎに映し出される。こうした陰惨なシーン(絶叫している口が見えるが、音は聞こえない)を見ているだけで、語られていることにすっかり同意したい気持になるだろう。この人を萎縮させる手法があまりに広まっているので、その異常ささえ見えなくなっている。実のところ、問題が提示されていても、それについて考えられないようにされているのだ。こうしたこと全てを、希望に満ちているとされる言葉に包み込むために、「零年《ゼロ》」とインタヴューを受けている専門家が提言する。怪傑ゾロの登場といったところだ。この「零年《ゼロ》」なる概念がハイチについて語られるのを聞くのは初めてである。この考えには受け入れがたいものがある。私の網膜をひき裂く、見るに耐えない映像が流されても、それは変わらない。時間はかかるかもしれないが、人々に知ってもらわなければならない。ある民衆の記憶は容易には消しがたいということを。ハイチの場合、その歴史は、アメリカ地域においてアフリカ的なものが想像を絶した跳躍をしたことから始まった。共に生きたいという狂おしい欲望に突き動かされた人々が、思いとどめさせようとする数多くの説得を振り切って街を造ったのであって、その逆ではない。地震があったからといって、ポルトープランスが破壊されたわけではない。新しい都市は、古い都市を考えずには建設しえないからだ。人間の風景は重みがある。人間の記憶は古いものと新しいものを結ぶ絆である。ゼロからやり直すものなどなにもない。そもそもそんなことはできない相談だ。人がこれまで辿ってきた道にはどうしても消すことができないものがある。それは人間の汗である。この二世紀、「零年《ゼロ》」に先立った二世紀が内包しているものをどうするつもりなのだろう。ごみ箱に捨てよというのか。いま生きている人のことしか考えられないような文化は、死に瀕しているのだ。

母への電話

ようやく母へ電話がつながった。母の声は澄んでいる。不安の跡がないではないが。私が出国する前夜、また立ち寄るだろうと思い、食事を用意していたのだそうだ。心がチクリと痛む。会話はあらぬ方向に逸れていき、毎度のことだが、気がかりな母の健康の話に落ち着いた。私を安心させるためだろう、食欲が戻ってきたと言う。私は、小鳥のように米粒をつついている母を思い描く。私が真に受けていないことが彼女に伝わったようだ。遠くからでも、私がどんな気分なのか見抜けるらしい。母は妹を電話に出して、近頃、母がよく食べるようになったと言わせる。食べるって何を？　兄さんが送る甘いものよと言う妹の声は非難がましい。妹と私とでは、この点について意見が分かれる。妹は、母にもっとしっかりしたものを食べてもらいたいと思っている。米とか、煮込んだいんげん豆とか、鶏肉とか。母が受け付けないものばかりだ。母は甘党なのだ。塩味のものは、スパゲティとピーナッツ・バターしか食べない。米と小豆にはアレルギーがあるほどだ。八〇年以上に亙って日常食べてきたものだ。妹と日常生活の些事を話すのは、私によい効果をもたらす。こうした細部によって生活が回復していくのだ。しばしの沈黙のあと(妹が黙るときはいつでも私は不安になる)、甥を電話口に出した。甥は、地震発生以来の出来事を事細かに描写してみせた。彼がどこにでも行くおかげで、私は情報通でいられるのだ。

甥は、フィロがとんだ災難にあったと可笑しそうに話してくれた。彼のスタジオに黒の大きなカーテンがあるのを私は見た覚えがあるが、その裏には通路がある。フィロはそこに入り込み、四つん這いで外に出た後に建物が崩れたそうだ。神々は彼を見捨てなかったのだ(いつもエルズュリの絵姿を身につけていた)。母が再び電話に出たが、そこで切れてしまった。ルネ叔母さんの話になったときだ。母の体調は申し分ないようだ。私の言うことを聞き返したことは一度もなかった。耳がしっかりしている。周囲のものがみな崩れ去るとエネルギーを回復する人がいるものだ。

場所の喪失

私はポルトープランスの映像に出くわさないようにしながら、テレビを観ようと虚しく試みた。地方の都市がどうなっているかは不明のままだ。誰もが同じ映像データバンクにアクセスしているのかと思われるほどだ。二時間のうちに、私は一二回ほど、群衆の中に立っているあの少女のこわばった表情を見た。瓦礫の穴から出てきた男の子の喜悦に満ちた表情は、まるで電球でも呑み込んだようだ。その輝かしい微笑が彼を即席のスターにのしあげた。腕に赤ん坊を抱いてルポルタージュを行ったあのアメリカ人のレポーター。これらの映像はあまりに強烈なので、それ以外を見えなくしてしまう。彼らはどのように選択を行うのだろうか。これらの映像にはもともと人を捉える力がある。それとも何度も繰り返し放映されるので親しいものになってしまうのだろうか。一つの記憶が捏造されつつあるのが感じられる。たいてい、そうした映像を見てから眠りにつくことになるのである。この映像の選択は偶然だろうか。それともテレビのディレクターが経験から、なにが一般視聴者の胸を打つのか知っているからなのだろうか。なにもかも流れるように進んでいく。

私は他のものを見ようとする。たとえば、群衆の中を歩いていくあの女性。彼女の歩き振りに焦燥感はないが、どこかに向かっているようには見えない。彼女の居所がまさにそこのように見える。実際、人は歩足を急がせなくなっている。たいていの人に、もはや家がないからである。もはや生活のためのまともな場所がないので、現在の瞬間の中に住みこんでいるのだ。

一〇秒

彼女はやって来ると、黄色い長椅子の私に近いところに座った。小柄で品がある彼女は、ためらいがちに言葉を選びながら問題の核心に触れた。死ぬかもしれないという思いに私が理性を失う瞬間はなかったかどうか知りたいと言う。とても軽はずみに答えられる質問ではない。私は間を置いてからおもむろに答えた。私を助けてくれたのは、仲間がいたことでしょうね。三人でしたからね。お互いに支えあったのです。地震に襲われたとき部屋に一人でいたら、どんなことをしでかしていたか想像もつきません。もしも質問が「怖かったですか」だったら、その通りと答えただろう。しかし、初めからではない。最初の激しい揺れはあまりにも突然だった。考える余裕などなかった。怖いと思ったのは二度目の揺れの時だった。一度目と同じくらいに激しかった。丁度私が落ち着きを取り戻したときにやって来たのである。なんとか切り抜けたと思った矢先だったので後頭部に一撃を食わされたようだった。その時になって、私はこれはお芝居ではないのだと悟ったのである。俳優たちが立ち上がって拍手喝采をしてもらうわけではないのだ。観客などどこにもいない。庇護されている者など一人もいない。一〇秒のあいだ、私はじっと死を待った。死はどんな姿をとるのだろうかと待ち構えた。地面が裂けて、われわれみんなを呑み込んでしまうのだろうか。樹木が倒れかかってくるのだろうか。火がわれわれを焼き尽くすのだろうか。その時、私はもはや自分があの距離感を保つことはできないだろうと悟った。いずれにしても、私になんの重みもなかった。この地震がこれほどまでに一つの都市を揺さぶることができるなら、一個人がそれに抵抗できるはずもない。すると、われわれのもっとも古風な信仰ないし信念にしがみつくことになる。大地の神々へと思いを馳せる。私は長いあいだ待った。なにごともない。私はそろそろと立ち上がった。強がりの言葉など出てくるはずもない。私はその時になってようやく峠を越したと感じた。しかし、一〇秒間、あの恐ろしい一〇秒のあいだに、私は刻苦精励、人生を通して築き上げてきたものを喪失したのである。私のうちに塗り込められた文明の釉薬は跡もなく霧散してしまった。私が居合わせた街と同じだった。そうしたことが一〇秒間続いたのである。文明の真の重さなんて、その程度なのだろうか。

一〇秒の間、私は一本の樹木か、一個の石か、一片の雲か、あるいは地震そのものになった。まちがいのないことは、私がもはや一文化の産物ではなかったことである。私には、自分が宇宙の一部であるという感覚が沁み渡ってきた。私の人生のもっとも貴重な一〇秒間。実のところ、そんな一〇秒間の隔壁があったのかさえ私にはたしかではない。そんな心の強い動きを体験したことだけは間違いないが。同じ出来事を各人が共有したとはいえ、それをどのように生きたかは千差万別である。

ケーキの分け前

テレビをつけるや否や、彼らの存在が目に飛び込んでくる。先頭をきって飛行機に乗り込んだボランティアたちのことだ。彼らは意見を表明したりしない。行動するのだ。飛行機のタラップを降りてくるや、すぐさま一番よい列を見つけて、そちらに向かう。どこに行けばよいのか心得ている。今回の状況は、かれらにとって願ってもない機会だ。大部分はアメリカ合衆国からのボランティアだ（キリスト再臨派、パプティスト派）。彼らの指導者たちがアメリカの大学で学んだクレオール語が、ハイチで急速に活動を広げる助けとなっている。長い間、カトリック教会は政界、文化人、経済界のエリートと手を結んできたが、プロテスタントは、そこをうまくついて民衆に浸透していった。ヴォドゥ撲滅運動を断固として再開したのもプロテスタントだ。いうまでもなく最初に始めたのはカトリック教会で、一九四〇年代にかの迷信追放キャンペーンを推進したのである。ここ数十年来、カトリック教会も、生き延びるには民衆を惹きつけなくてはならないことを理解した。以来、カトリックとプロテスタントは区別がつかなくなり、羊の群れに忍び寄る姿が見紛うばかりに似通っている二匹の狼になっている。それに加えて、人道支援組織がある。彼らは左翼系司祭(31)そっくりに行動する。より実践的、より直接的、よりお涙頂戴的な路線を強めているが。実際のところは、違いなどまったくない。ヴォドゥの人々は、あいかわらず旧弊な勢力だと思われているが、最近は刷新を試みている。インターネット、携帯電話を活用し、ナショナリズムの色合いを出しながら市場での地位を確保しようというのだ。この民が麻薬に事欠くことはなさそうである。腹を満たされた時が来たとしても、なお麻薬の煙草の吸引量は減らないのだろうか。

不確かな足下

私は、自分があまりに強い不安を取り込んだためにそれが身体深くに組み込まれてしまったのではないかと思うと、パニックに陥る。それほど根拠のないことを言っているわけではない。震災後一カ月以上たっても、私の身体は地面の僅かな振動にも敏感なのである。情報が宿っているのは私の精神なのだろうか、それとも肉体なのだろうか。何が私にパニックを引き起こすのだろう。頭なのか、体なのか。先日友人の家に夕食に呼ばれていたときのことだ。私は何かを感じた。最初は軽い振動だったが、それが次第に強くなっていく。私は真っ青になった。友人たちは会話を続けている。私は血の気が引いたようになってしまったが、その時、隣に座っている人がテーブルの脚に膝をぶつけているのだと気が

(31) アリスティド元大統領はもともとは「解放の神学」の司祭だった。ラテン・アメリカで勢いをもった「解放の神学」系カトリック司祭たちをイメージしているのだろう。

ついた。よくある神経症の人である。私は中心街のビルの一五階にいたので、数秒後にはビルが倒壊するとしか思えなかった。単に私が窓の外を見ていたので、正面の建物が揺れているように見えただけの話なのだが。私は、自分の居る場所が堅牢に見えれば見えるほど、警戒心を解くことができない。まさに今も、この文を書いている最中に椅子が揺れた。すると理性が体から吹っ飛んでしまい、私はパニック状態に一人取り残されてしまうのである。まだ悪夢が続いている人々はどうなのだろうか。島を抜け出ようにも、その手段を持ち合わせていない人たちのことだ。一度足下から抜け落ちたことがある地面をいまも踏みつづけなければならない人たちは、どんな思いをしているのだろう。想像してみることさえ辛い。

決定的瞬間

出来事の波及効果は、一八〇四年一月一日のハイチ独立に匹敵する。独立の時、西洋はこの新しい共和国を仲間外れにした。共和国は、孤立の中で勝利を味わわなくてはならなかった。それが、奴隷制という、闇に満ち、足をとられやすい長いトンネルからようやく抜け出た民に待ち受けていた運命だった。西洋は、決してこの出来事の世界への到来を認めようとしなかった。ヨーロッパも、アメリカも背を向けた。そして、孤独に耐えきれない新米の自由人たちは、獣のように互いに傷つけ合った。それ以来、西洋は、いつの日か許可なく隷属状態から自由になろうとする者たちすべてに、ハイチを引き合いに出すようになる。二世紀以上に亙って課された罰である。自由になりたいならなってもいい。その代わり、お前は一人だぞ。島の中で孤立することほど辛いことはない。そして、今日、すべての眼差しがハイチに集まっている。巨大な扉がゆっくりと、光と闇の蝶番の上で回転しつつある。決定的瞬間。二〇一〇年一月後半の二週間以来、ハイチは、過去二世紀間以上に注目を集めた。クーデターのせいでもなければ、ヴォドゥと食人習慣が一緒くたにされた血腥い歴史の一幕のせいでもない。地震のためなのだ。どうにも管理しようのない出来事である。はじめて、われわれの不幸が異国趣味《エグゾチスム》の対象にならなかった。ハイチで起こったことは、どこにでも起こりうる。

支援願望

ハイチの惨事が引き起こした反響は計り知れないものがある。私はそれをモントリオールの街角で確かめることができた。人々は、心の一番深いところを突かれたかのようだ。街全体がハイチのためだけに心を震わせている。家に帰ると、街で見た悲痛な表情の顔がテレビに映っている（必ずアップで）。多くの看護婦たちが先を争うようにして負傷者の看護に行こうとしている。子どもたちは、ありとあらゆる手段でお金を集め（絵を売ったり、学芸会を催したり）、人道支援組織に寄贈している。アマチュア、プロを問わずミュージシャンたちがコンサートの収益金を全額、孤児院に送金している。イロコイ族の顔だちをした郊外のロック・ミュージシャンは、I love Haïti. とプリントされたTシャツを着ている。ジャーナリストたちは、ルポルタージュの必要上腕に抱いてみた子どもたちを養子にしたいと言い出す。"We are the world" の時代を思わせる大規模なコンサートが開かれ、一晩のうちに数千万ドルが集められている。ハリウッドのスターたちは、食料を送るためにガラの衣装を売りに出している。スターたちは、医薬品輸送のために自家用飛行機を手配している。医師たちは、身体的限界に達するまで手術の手を休めない。そして、一般庶民も慎み深く、遠慮がちながら行動を望んでいる。しかし、このエネルギー全体はどこに行くのだろうか。このお金全てはどこに行くのか。援助の気持がはやるだけで、それがどこに行くかについては注意が払われない。悲しみの表情を見せたと思えば、次には真に何かをしたいという意思が表明される。それも個人としてそれをやりたいというのだ。ハイチは、鳴り物入りで彼らの私生活の中に入り込んだのである。

帰郷

妹がルネ叔母さんの死を知らせてくる。翌日発の飛行機を買う。ヴァーチャルからリアルへの転換だ。私を憂鬱にするテレビから、私を泥まみれにする現実への転換。着陸時に走った心の痛み。滑走路を埋めつくしているアメリカの航空機。まるで占領下の国ではないか。座席の窓からあちこちに青いテントが見える。屋内に寝起きする気にならない人々だ。家屋に罅《ひび》が入っているのだろう。部屋で寝るときはドアを開けたままにしている。荷物はすぐ傍に置いておく。少しでも予兆があれば、すぐに走り出られる用意ができている。

就寝中に強い揺れに襲われはしないかという恐れが嵩じて、大事な試合を翌日に控えた短距離走者を思わせるほど落ち着かない様子だ。自分の生命だけが危険ならまだいい。子どももいれば、身体不自由者もいれば、老人もいる。再会した人たちは睡眠不足で眼を赤くしていた。もっとも、私は人々が苛々しているのではないかと思っていた。それどころか、街はむしろ平穏だった。

最後の医者

私は、母が棚の上の台所用品を並べ直しているのを見ている。引き出しのテーブルクロス。サイドテーブルの上のピンクと青のプラスチック製の籠。母は頑固にそうした小さな仕事をしないではいられない。右足になかなか治癒しない傷があろうとお構いなしである。母の医師は地震で亡くなった。代わりの人を早く探さないといけないが、事は簡単ではない。診察を待っている人が山といる。地震による負傷者が、それも命にかかわる状況にある人が優先されるのはいたしかたない。先月は多くの人々が足や腕を切断された。状況が違っていたら、切らないで済んでいただろう。人々は、緊急事態として十把一絡げに処理してしまう藪医者を恐れている。地震直後は医薬品、中でも抗生物質が不足していたので、医者たちは壊疽が蔓延するのを恐れていた。治療にあたれなくなったハイチ人の医者も多い。身内から声をかけられているのだ。亡くなったり、負傷した医師もいる。となれば、イエスの傍に駆けつけるしか手はなくなる。母に言わせれば、昼夜診療を受け付けてくれるただ一人の医者だ。これほどの不幸の連続のなかで、ハイチの人々が神に呪いを浴びせないことに驚く人がいる。天に向かって拳を振り上げるだけの気力がないほどに衰弱しているか、諦めの境地にあるというのだろうか。彼らなりにそうすることがないわけではない。妹が語ってくれたが、毎朝一緒にミサに参列していた女友達が一月十二日以来顔を見せなくなった。「いったい、どうしたの?」と妹が尋ねると、こう答えたそうだ。「今度はイエスが私に面会に来るべきでしょ。許しを乞わなければならないことがあるのは彼の方よ」。聞いていた皆が大笑いしたが、母だけは別だった。

それぞれのエネルギー

この街では、毎日、全てを家の外に持ち出す。どの家もお店をしているので、毎朝、品物を外に出し、歩道に店開きする。そして夕方になると、全てを再び家の中に入れる。商品を並べていた小テーブルも仕舞い込む。そんなちっぽけな家によくもそんなにもたくさん詰め込めるものだと驚くほかない。それから、人っ子一人通らない、虚ろな通りになる。夜が更けると、大きな痩せさらばえた犬が通るだけだ。

女の世界

ルネ叔母さんは四度目の心拍停止で亡くなった。見た目は華奢だが、どうしてなかなかしぶとい。最期まで諦めなかった。いつでもリハビリに精を出していた。もうこれ以上無理だというまで。おまけに、家の中で起こることは全て彼女のレーダーに捕らえられていた。午後は、前と同じように母と回廊《ギャルリー》に腰を下ろすようになっていた。すると、母の方がいつも以上に弱々しく見えたのである。ここ数年で、私は四人いるおばの内の三人を失った。残るのは、一番年下の叔母、ニニン叔母さんだけだ。それから一番年上の私の母がいる。私は、彼女と母親、つまり一番若い妹と一番年上の姉の間で一騎討ちになりそうだと言った。この冗談はニニン叔母さんの機嫌を著しく損ねた。私の叔母の中で感情を一番表に出さないのがルネ叔母さんだった。

悪いのは誰？

妹と、母、そして私は回廊《ギャルリー》で寝た。一カ月前、彼女たちは中庭にマットレスを敷いて寝ていた。それがルネ叔母さんを殺したのではないかとみんな思っている。介抱できなかったこともある。地震の前でも医薬品は不足していた。病院に薬を持参しなくてはならなかった。この国では病院に行くのは、痛みに耐えられなくなった時である。そうでなければ、病人と認められない。薬を買うお金がなかったら、病人にならない方がいい。だから、健康から死へ直行することになる。病気は、資力のない人には許されない贅沢なのだ。だから、病人の段階を飛び越して人は死ぬ。突然死。そのような死は科学的な説明がつかないので謎めいてくる。そうなると、悪者がなくてはならない。悪いのは地震ということになる。その罪状には、瓦礫の下で死んだ人だけでなく、医療措置を受けられずに死んだ人々全てが付け加えられる。おまけに、震災後の日々は過酷で、空腹と寒さで死んでいく人々がいた。弱り切った体にとって、夜はお世辞にも暖かいとは言えなかった。ルネ叔母さんにとってそうであったように。

回廊《ギャルリー》にて

昨晩、母は憂鬱そうな顔をしていた。足のむくみが引かなかった。私は母の足を積み重ねた枕の上にのせてから、ルネ叔母さんの小さなベッドの上に座り込んだ。母は眼を閉じている。痛みが嫌なのではなく、動けなくならないかと恐れているのだ。母は何もしないでいることができない。私はいつものように、ルネ叔母さんの枕の下に百グルドを滑り込ませた。母がちょうどそのとき目を開け、私を見て笑った。前回、私がルネ叔母さんと一緒にこの部屋にいたときは、甥が彼女を風呂に入れるためにやってきた。あんなにも慎み深かった叔母がもう裸を見られるのを嫌がらなかった。騒がしい声がする。いとこたちが葬式のことで議論しながらやってきたのだ。回廊に来て陣取った。ミサはクレオール語にするのか、フランス語なのか、それともラテン語なのか。母もやって来た。いとこの一人は絶対にラテン語がいいと言う。一番荘厳だからというのがその理由だった。しかし、合唱は高すぎるので諦めなくてはならなかった。一人歌手がいれば充分だということになった。歌がずば抜けてうまい女性がいるが、手の届く料金ではなかった。いとこの一人は、その歌手の妹と学校が一緒だった。だが、問題外だった。スターになってしまってからは、どこに行ってもテレビがついてくるそうだ。ルネ叔母さんの葬儀がテレビ中継されるなんて考えられない。彼女は生涯に亙って、どんな騒音でも避けてきた。妹は、どうでもいいことを議論しているのは見るに耐えないと言う。まだ瓦礫の下に親がいないか探している人達がいるのに。いとこの一人に言わせると、ルネ叔母さんを殺したのは地震ではないし、それとこれとは話が違うということだった。母は目を閉じたまま、低い声でルネ叔母さんが好きだった祈りの言葉を唱え始めた。「永遠の天使は、神を恐れる者たちの傍にいたもう。そして、危うき淵から救いたもう」。私は、ルネ叔母さんが「危うき淵から救いたもう」と力をこめて言うのを思い出した。

若いキリスト

回廊《ギャルリー》には大きなキリスト像がある。地震で倒壊した義理の弟の学校にあったものだ。キリスト像は、トラックに載せられるものを全て載せて輸送している途中で道路に落下した。

誰かがそれを拾ってもって帰った。通りがかりの人がそれを見ていたので、義理の弟に知らせた。男の家がある場所も。像を返してもらうには長々と事情を説明をしなくてはならなかった。母は、この明るい色の目の、ピンク色の小さな口をしたイエス像が気に入っていた。カールした髪が肩に垂れている。手入れの行き届いた髭——奇妙な形に二分されている。棘のある冠に締めつけられ、炎の形をした心臓に、右手の人指し指が触れている。そうした全ての背後に落ち着いた光が広がっている。母は、回廊《ギャルリー》に座ると、像の方向に目をやる。

街角の予言者

ポルトープランスではほとんど皆一緒に目を覚ます。朝早くから輝く太陽のせいだ。コーヒーの香が微風に乗って私のところまで届く。妹が買い物に行きたいと言い出す。私は一緒に行ってあげることにする。人々は以前とかわらぬ挨拶を交わしている。日々の生活が苦しくなっていてもなんのそのだ。彼らは、自宅の横で寝ている。どこを見てもテントがある。若々しい学生たちの一群が木の下でおしゃべりをしている。仕事場へ急ぎ足の者たちもいる。私の左手にあるキャンプは、サッカー場に設置されている。そこから二人の男がもう汗をかきながら出てくる。派手な色模様の制服を着た子どもたちの手を握っている。髪をきれいに梳かし、白い靴下にエナメルの靴を履いている。二人の男は道を横断しようとする。妹は通してやるためにブレーキを踏んだ。目新しい現象だ。私は妹に、ハイチでは歩行者が優先されることなど絶対になかったと言った。妹は笑みを浮かべる。赤信号。一人の男が車の脇に立って、大声で何か言っている。この程度のことで驚いてはいけない。世の終わりが迫っている。盲目でなかったら、あなたにもその印が見えるはずだ。男はなおも続けている。通行人の一人が冷やかし半分に、次は何が来るのかと尋ねている。津波が来ると、重々しく答える男。でも、その前に今回のよりも二倍大きく、三倍長くつづく地震が新たに来るだろう。そして、すべてをなぎ倒したところに、津波が襲って、われわれの通過した跡をことごとく消してしまうだろう。この土地はわれわれのものではない。われわれはお借りしているにすぎない。地主は上に住んでいる。天を指さしながら、彼はこう言う。地主はわれわれにがっかりしている。われわれは感謝するどころか、姦淫の罪を犯し、汚い言葉を吐いている。地代を支払えと言っているのではない。彼が望んでいるのは、彼をわれわれの主として、われわれの神として認めることだけだ。われわれはそれをしないで、金の子牛(32)に礼拝を捧げている。男の話を聴こうと立ち止まる者が何人かいた。

特に婦人が多い。青信号。車が前に進み、街灯の下で腕を振り回している予言者を置いてきぼりにする。

スターが街にやって来た

デルマ地区をあいかわらず進んでいく。妹がサイバーカフェを指さした。モニターの前でネットサーファーが突然死しているのが発見されたところと言う。そこからあまり遠くないところでは、若い娘さんが静かに座って誰かを待っている様子だったが、よく見ると鉄の棒に突き刺されていた。私は横目でチラチラ、妹がなんでもない様子を取り繕おうと懸命になっているのを見る。神経質に瞬きしたり、こめかみを何度も指で押さえている。いつまで持ちこたえられるだろうと気になる。帰り道では、妹は車を停めて水を買いに行った。私はその間に新聞を買うことにする。第一面にハリウッドのスターたちが到着したことが（写真付きで）報じられている。これほどの歓迎を受け、カメラに取り囲まれて飛行機を降りたら、どんな気分だろうか。なにもかも支援のためなのだ。目的は新たな人々をハイチに惹きつけることだ。第三世界に知り合いがいる人や、対岸の苦しみに心を動かされる人はすでに充分すぎるほど集まった。今度は、スターたちの悩み事を伝えるゴシップ雑誌の読者を標的にしている。テレビで見すぼらしい人間たちばかり観るのにうんざりしている人たちだ。そこで、政界や映画界のスターを登場させている。妹はガソリン不足を伝える囲み記事に気を取られている。われわれの唯一の供給国であるベネズエラでのストライキが原因だそうだ。ドミニカ共和国が代役を引き受けてくれるそうだが、いつまで続けられるのか心もとない。別の記事では、物価の急騰が懸念されると報じられている。妹は家に帰って、車をガレージに置いておいた方がいいと言う。

正面の屋敷

回廊《ギャルリー》に座っている。母が首の下に枕を差し入れてくれた——軽く私を撫でる。しばしの昼寝。近くで子どもたちがサッカーに興じている。時々笑い声がはじける。道を行く物売

（32）旧約聖書『出エジプト記』三二章に出てくる。モーセが神から十戒を授かるために留守をしている間に、イスラエルの人々が崇めていた黄金でできた子牛像。

りたちの鋭い声。歓声があがる。シュートが決まったのだ。見晴らしを遮っていた正面の家が崩れてしまった。女主人は階段の下から引き出された。捜索にあたったのは息子だ。彼女はこの屋敷を建てるため、生涯ニューヨークで懸命に働いてきた。毎年十二月に帰国しては、一部屋増築してから、五月に仕事に戻るのだった。母は、回廊《ギャルリー》に座って年々進捗する工事を見てきた。屋敷は近所の羨望の的になったが、地震に耐えられなかった唯一の家になるとは驚くしかない。今では、屋敷の陰に隠れていた山が見えるようになった。近くの人々は、びくともしない家があるかと思えば、すぐ脇に崩れた家があるのはどうしてかと、ひねもす議論している。人々が信じるところによれば、グドゥグドゥ（下町の人たちが地震につけた名前だが、あの時、そういう音がしたのだそうだ）の揺れには意図が込められている。人々は新しい神を造り出している。懲らしめる神という意味ではない。単にそれに名前を与えたいのだ。ちょうどハリケーンにもそうするように。

ルネ叔母さんの葬式

出かける用意は早めにできていた。葬儀を出す家族なので皆よりも先に教会に着いていなければならなかった。母はしっかり喪服に身を固めていたが、私はかえって不安になった。私を安心させようとしているのだろう。車に乗るのを手伝ってやる。私の肩を叩いたのは感謝の意を示すためだ。以前はそんなことしなかった。妹は教会に行く前に母になにか食べさせようと骨を折ったが、無駄だった。というのも、葬儀の後は、ルネ叔母さんの埋葬のためにそのままプチゴアーヴ(33)まで行くことになっている。そこで叔母さんは姉妹や弟に再会することになる。母がそう決めたのは、今日、難儀をする覚悟の上だった。死んだ妹と一日を過ごすことに決めたのだ。母が晴々した顔をしているのを見て、私は、彼女に若い時の妹の記憶が甦っているのを感じる。教会で母はしっかり立っていた。あんなにしっかりした眼差しを見るのはしばらく振りだ。母は気落ちするどころか(レイモンド叔母さんが死んだときは、それを認めようとさえしないので、頭がおかしくなったのかと思っ

(33) ポルトープランスから西に六〇キロほどの距離にある小さな町。海に面している。フランソワ・デュヴァリエが一九五七年に政権に就いてからまもなく、ダニー・ラフェリエールの父親は政治亡命を余儀なくされた。その時、母親は、子どもを人質にとられ夫の帰国を要求されることを恐れて、幼いダニーをポルトープランスからプチゴアーヴの祖母の元にトラックで送った。ダニー・ラフェリエールは、その時の旅を「私の最初の亡命だった」と回想している。

たほどだ)、私が恐れていたのとはまったく逆の効果をルネ叔母さんの死はもたらした。ルネ叔母さんの聴罪司祭で、葬儀を取り持つ僧が母の心を静めてくれたということはある。ここ数カ月、彼が日曜朝のミサが終わると家に来て、ルネ叔母さんに聖体拝領の儀式をしてくれていた。彼もプチゴアーヴの出だった。それで、司祭も一緒に行くことになった。死んだと思っていた親戚がいるのに私は気づく。彼らは遠い親戚の消息を教えてくれた。地震で亡くなった人もいたが、私の知らない人だった。教会は人で一杯になった。ルネ叔母さんは家から出ないし、ここ二〇年は寝たきりだったにもかかわらず、こんなに多くの知り合いがいるとは意外だった。話によると、地震で家の者を失った人たちだそうだ。知らない人の葬式に参列して自分の家の死者を弔っているのだ。ミサが終わると、人々はお悔やみを言いにやって来る。よく考えてみると、われわれも同じようにお悔やみを言ってもよかった。誰もが誰かを失っているのだから。母は持ちこたえた。まっすぐ前を見ている。私は触れたらしゃちこばった姿勢が崩れはしないかと心配でそっとしていた。妹が車のところに行き、教会の前に回って皆を乗せた。プチゴアーヴに向かう。道路の両側がキャンプになっている。雨が降ったらどうなるかと思うとぞっとする。震災を免れた地区もある。しかし、人々の顔は同じように曇っている。ポルトープランスの崩壊は、国の他の地域までも道連れにしたのだ。モルヌ・タピオンの山が見えてきた。プチゴアーヴはその向こう側だ。予定の時間から大幅に遅れている。皆がしばらく前からわれわれを待っている。その小さな墓地の近くには私の祖父のラム工場がある。

ルネ叔母さんの憂愁

子どもの頃のことだが、いつも一人離れている叔母がいるのに目が行ったものである。いつも笑いが渦巻いている家では、それはかなり目立つことだった。その叔母は何時間もじっとしていて、顔を見てもそこに心の動きが顕れないのだった。皆は、頭痛のせいで考え深そうな様子になるのだと言っていた。好きな男も現れなかった。彼女の人生は、市役所の正面にある図書館の司書としての仕事と、読書をして過ごす回廊《ギャルリー》の彼女の場所が全てだった。男たちは、注意深く近寄らないようにしていた。私は彼女を通して、田舎の小さな町で本ばかり読んでいる女性は秩序破壊的な面をもっていることを理解したものである。敬愛する作家ステファン・ツヴァイクと言葉を交わしている彼女の邪魔をするなんてとてもできなかった。叔母は本を読んでも、読後感を誰かと共有しようとはしなかった。見た目には、取り乱しているのが分かるほど感動していた。時にため息をつくのを聞いたが、それだけのことだった。ツヴァイクは少し気取ったところがあるが、必ずしも社交的ではない。その陰気な内的独白や不健康な雰囲気が、ルネ叔母さんという熱烈な読者を完全な依存状態に引き込むのである。私はいまでも、ツヴァイクの毒の含んだ散文のせいで私の叔母が鬱々とした人になるのか、それとも、彼女の憂愁がツヴァイクへと導くのか、どちらなのだろうと思案するのである。それにしても、なにかといえばお祭り騒ぎになる家族の中に、どうして、こんなにも陰鬱な人がときどき出るのだろうか。私はここで打ち明けざるをえないが、私自身は陰気な人間ではないものの、悲しさというものがどういうものなのかいつも気になってきた。驚いたことに人はそれに敬意を示すのである。あたかも彼女のなにげない繊細さが、この小さな町に一種の優雅さを広めていくかのようだった。しかし、叔母の生活は堅苦しいまでに取り決められた日課に従っていた。彼女は朝図書館に赴き、午後帰宅した。叔母の華やかな色の日傘を覚えている。それは彼女の唯一のおしゃれだったが、午後四時の強い日差しから守ってくれる日傘をさしてカイミット医師の薬局に行って、薬を買うのだった。町の人が、日常生活につきものの下世話な事柄から彼女を守ってあげているような印象を受けた。まるでルネ叔母さんが、誇りにできる彼ら自身の高貴な部分を代表しているかのように。彼女を観察しているうちに、私は、常に苦悩が居すわっていて、それが彼女の人柄を深く構造づけていることを理解した。浅くて息を切らしているような呼吸が彼女に軽やかで個性的な身のこなしを与えていたが、実のところは、苦悩のあまりそうなるのだった。それだけ辛い思いを頑固に隠していたのである。いまでも思い出すが、苦しさが募ると、居間の陰になったところで長椅子に身を横たえていた。そうして一時間か二時間じっとしているのだった。部屋の中には樟脳の香が漂っていた。家の残りの空間がどうなっているか想像しなければ、十歳の男の子に、このような態度がどれだけ強烈な印象をあたえたか理解できないというものである。家はかなり大きく、ドアが六つあり、窓が四カ所あった。そこを家の者たちが動物のようにたえず行き来していた。ルネ叔母さんは、誰もが内面生活をもっていることを教えてくれた。彼女は、ツヴァイクの世界の不安に満ちた深みへ潜り込んでいき、息を継ぐときだけ水面に昇ってくるのだった。時おり叔母は目をつむったまま、いつまでもじっとしていた。周りではたえずおしゃべりしているというのに、どうしてそのような精神集中が邪魔されずにできるのだろうか。一度、たった一度だけ、私が彼女になにを考えているのかと聞いたことがあるが、叔母は私をじっと見つめそれから、言えないわと呟いた。秘密なの？　いいやそうじゃないのよ。個人的《アンティーム》なことだからよ。いまでは聞かれなくなった言葉である。憂愁も聞かれなくなった言葉だが。二つの言葉は互いによく似合っている。このような生活術は、われわれの世界からすっかり消えてしまった。ほんの昨日のことだったのだが。われわれがほんの僅かの苦痛でも耐えられなくなったのが原因なのだろうか。

マラリア

墓地を出ると、あるいとこの家で催される小さなパーティーに行った。海のすぐ近くだ。中央にマンゴーの木があって、その下にダンスのための空間が用意されていた。白いテーブルクロスのかかった長いテーブルがしつらえてあった。家の娘たちが給仕をしてくれる。時おり、私をこっそり離れたところに連れて行く者がいて、一九六三年に私がプチゴアーヴを出て以来起こったことを話して聞かせる。いうまでもなく、私には話に出てくる名前はどれも聞いたこともない。私の心を打つのは、この長い物語を話してくれるときの真剣な顔だ。私はどのように受け答えたらいいのか分からない。話がどこに行き着くのか見当がつかないからだ。単に君と話がしたいだけだよと、いとこの一人が口を挟んだ。なかなか君に会えないからね。最後に、長いあいだ私の手を握って、じっとこちらを見つめる。あまりに強い視線なので、私は目を下にそらした。農民特有のごつごつした手は青草の香を別れた後に漂わせる。街の人間の手はガソリン臭い。この臭いの違いがわれわれを分け隔てる。この小さな町ではいとこ同士が結婚するので、われわれはみな親戚である。席に戻ると、みんながルネ叔母さんの話に興じていた。コーヒーの後ラム酒の最後の一杯をあおって、町に戻る。私は港までぶらぶら歩いた。教会の石段に座って個人レッスンをしてくれていたカロンジュ先生を待っていたものだが、その教会はいまや跡形もない。正面の図書館には昨年の十二月に話をしにきたが、それもなくなっている。崩れていない石はひとつとしてない。司祭館が建っていた前に来ると海が見える。帰り道、赤十字で働いている若い医師に出会った。彼は私を見るや、この地域ではマラリアが猛烈な勢いで復活していると警告した。私は旅行の前にマラリア予防の薬を飲んで来なかったので、車に戻り、出発することにした。一九七四年のことだが、私はプチゴアーヴで調査をして、沼沢に囲まれているため、マラリア病原虫をたっぷり腹に抱えたハマダラ蚊が町に充満していることを発見したものだった。出発するときになって、車のオルタネータに問題があることが分かった。車はプチゴアーヴに置いて、あるいとこに修理の手配を任せることにして、別の従姉妹の車で帰ることにする。葬儀とはまさにそういうものなのだ。ありとあらゆる従兄弟と従姉妹の一族。国道は真っ暗闇だ。幸いにこの闇の中で車が故障しないで済んだ。妹は一晩中、置いてきた車のことを気に病んでいた。地震の後では、ちゃんと走る車をもっていることが大事なのだ。そもそも車をもっていなければ話にならないが。妹の職場は街の反対側にある。葬儀から戻ったのは土曜の夜だった。日曜の朝、一人の運転手が早い時間に中古のオルタネータを買ってからプチゴアーヴに向けて出発した。修理を手早く済ませると、ポルトープランスに日没前に戻ってきた。妹は笑みを取り戻した。「この車は私の足なのよ。車がなかったらとても仕事に行けないわ。仕事に行けなかったら、わたし、死んだも同然よ。死んだも同然」と上機嫌で言う。私は、幸せな時の妹ほど生き生きとした人を見たことがない。

体震

ある友人がレストランに誘ってくれる。すでに日没だった。低い声だけが聞こえてくる。テントの中で人が少し動く気配がする。ランプがついている。ペチヨンヴィルの方角に登っていくと、大雨が降ったのが分かる。サンピエール広場[34]に着いた。毎晩泥の中で寝る人たちはどうするのだろうと私は思う。幸いにも、昼は太陽がある。雨水が山麓から流れてくる。われわれはディスコの脇を通る。高級車が並んでいる。ありとあらゆる心痛のあと、ここに発散しに来るのだ。丘の上のレストランからは街のすばらしい眺めが楽しめる。上の方に人影が見える。私は、破壊された町を眼下にして食事をしたらどう感じるだろうと思わざるをえない。友人はレストラン・プランタシオン[35]に連れて行ってくれた。魚料理が美味いところだ。デザートの前に私はトイレに行って、顔を洗った。すると足が急に立たなくなった。手洗いの縁にしがみついた。揺れているのを感じる。息苦しい。汗までにじみ出てくる。私は便器の上にしばし座る。脚から力が抜けている。私は気分を落ち着けてから席に戻った。先程に比べて雰囲気に変わったところはない。振動があったような兆候はなにもみえない。揺れを感じたのは私だけのはずがない。みんなが話題にするだろう。

(34) 全体が斜面に展開し、道路が碁盤状になっているペチョンヴィル市を上がりきった所にある大きな広場。独立戦争当時のムラートの将軍ペチョンの像が建っている。ペチョンヴィル市には高級レストランが目立つ。

(35) サンピエール広場よりさらに上の方にある。

待っていればいいのだ。会話は盛んになるばかりだ。揺れたのは私の体であって、大地ではないことを自分に言い聞かせるしかなかった。

新しい単語

歩道に立って、私は甥が戻ってくるのを待つ。若い女たちが脇のキャンプから出て行く。土曜の夜を楽しむために着飾っている。甥はまだ帰って来ない。母は心配そうにしている。私は、母が回廊《ギャルリー》の椅子の脇に置いたままにしているラジオを聴いている。ポルトープランスに雨後の竹の子のように開局されるラジオ局は数知れない。私には音量の大きさでどの局か聴き分けられる。大声を出せば聴衆を惹きつけられると思っているアナウンサーは少なくない。すでに周囲に熱気が漂っているのだからしかたがない。いい声を聞かせるアナウンサーもいるが、甲高い声が嫌いなブルジョアの居住地区を誘惑するためだ。叫び立てる声が嫌いなのだ。実のところは、私は、他人の言葉に耳を貸そうともしないで大声で議論をまくし立てる不協和音が、そんなに嫌なわけではない。話題になるのは決まって政治、つまり、情報よりは意見に興味がある人々にとって政治は毎日の食事なのだ。恐ろしい怒声がしばらく私の注意をひいたが、芝居をしているにすぎないのだと分かってきた。そうした議論が持ち上がると、私は休みなく繰り返される語を書きとめる。罅《ひび》、瓦礫、再建、キャンプ、テント、食料補給。前の世代の人間は相手にされていない。彼らをお払い箱にしたいらしい。首尾よくできるだろうか。アリスティド、[36]「シメール」[37]、腐敗、事実上の政府。デシュカージュ[38]、禁輸措置。さらにその前は、デュヴァリエ、独裁、牢獄、亡命、トントン・マクート[39]だった。どの一〇年も、自らの語彙をもっている。メディアによく現われる語の頻度からわれわれはどんな状態にあるかが見えてくる。長い間人気があった二つの語は、独裁と腐敗だった。「再建」を語るようになったのは今回が初めてである。まさに新

(36) 一九八六年に民衆運動の高まりの中でジャン=クロード・デュヴァリエが追放された後、一九九一年に新憲法下で実施された選挙により大統領に選出された。しかし、半年後に軍事クーデターによる亡命を強いられる。その後、クリントン米大統領の後押しで一九九四年に大統領に復帰するが、性格の全く異なる政権となり、選出当時の国民的支持は失われる。まもなく、任期が終了し、一九九六年にアリスティドに近い立場にいるプレヴァルが大統領に就任し、二〇〇一年にはふたたびアリスティドが大統領に選出される。しかし、独立二〇〇周年を迎えた二〇〇四年に右派の武力蜂起があり、二月に国外亡命を強いられた。

しい言葉だ。それを信じない人々がたくさんいるとしても。

軽度の身体変調

母と妹はバルコニーにいた。甥は受講している政治経済学の勉強をしている。私は甥の寝室で寝そべっていた。義弟が一人、新聞片手に夕食を食べていた。突然、皿が割れる音がした。甥が駆けつけると、父親が食卓の上で気を失っていた。顎をがくがくさせている。みんなおろおろする。妹が入ってきた。いやに落ち着いた様子だ。私はかえって不安になる。私には、内心はパニック状態なのが分かる。妹は夫の顔に水を振りかけた。私が彼の顎をこじ開けようとしている間に、甥がアスピリンを一錠、口の中に滑り込ませる。効き目はない。砂糖水を少しやったら効果があった。義弟は気分が悪くなったので、血圧が上がったのだろうと思いこみ血圧降下剤を飲んだのだそうだ。逆だった。血圧が急降下して一種の昏睡状態に陥ったのだ。母がこわばった顔をして廊下を大股で歩きながら、聖母に祈りを捧げている。一難が去ったら甥は遠慮がちに笑いだした。しかし、甥だって怯えているのを誰もが感じていたのだ。みんな不機嫌になって寝室に引き払った。甥は、蚊を退治する電気製品をコンセントに挿した。蚊が焼ける乾いた音が聞こえてきた。とうとう妹が、眠れないから電源を切るように甥に言いつける。

フランケチエンヌの戦略

昨日、フランケチエンヌの家に立ち寄った。彼は不在だった。中庭を覗いてみると、なにもかもが秩序に戻ったように（無秩序も含めて）見えた。今朝は、左官が作業している。親方が私を中に引き入れてくれたので、フランケチエンヌが指示した工事を見学した。彼は街の外での会合があって不在なのだそうだ。月に一度、彼は昔からの友人と会って、様々なことをじっくり議論するのだ。ようするに、夕方まで戻らないそうだ。あちこちに、堅

(37) アリスティド大統領を支持する武装集団。

(38) 民衆が権力者の財産などを破壊する行為のこと。たとえば、デュヴァリエ政権が倒れたときは、トントン・マクートの財産が攻撃の対象になった。

(39) フランソワ・デュヴァリエが創設した秘密警察組織。

牢な柱塔が、次の地震に備えて建てられている。フランケチエンヌは塔にバスキア[40]風の絵を描いている。私には、彼に最も近い二人のハイチの画家ティガ[41]やサン＝ブリス[42]の影が感じられる。フランケチエンヌの全てがそこにある。彼は何事も芸術家の目で見る。作業の親方には言いかねたが、柱塔を付け加えたからといって家の耐震性が高まるとは思えない。むしろ逆ではないか。フランケチエンヌはいつでもなにもしないよりはやりすぎる。地震を前にしての戦術は背を丸めることだが、フランケチエンヌは自分の背骨にセメントを流し込んだ。一騎討ちになるだろう。肝心なことは、フランケチエンヌがこの災害を芸術作品に仕立てようとしていることだ。

木材

木材がふたたび話題になっている。地震の直前にははげ山が問題になっていたのを思い出す。その話ばかりだった。特に海外メディアが取り上げていた。環境災害に瀕したハイチ。樹木がないので、強い雨が降ると、耕作に適した土壌が流される。骨ばかりになった国土が映された。その原因は、人々が炭を作るため木を伐るからだ。ここ数年来、大統領候補は政策プログラムに植林を必ず入れている。まだ多少は木が残っているとすれば、建設にむしろセメントが使われているお蔭である。しかし、地震を前にセメントが敗北してからは、建材に木材を使おうという声が挙がっている。柔軟な木材はセメントよりも振動に耐えるというのである。その通りだろう。しかし、森を伐り始めたら、ふたたび環境カタストロフィーに見舞われる危険がある。

(40) Jean-Michel Basquiat (1960-1988) ニューヨーク・ブルックリン生まれの画家。プエルトリコ・ハイチ系。一九七〇年代のニューヨークで始まったグラフィティ芸術に刺激を受けて絵を描くようになった。作品にはヴォドゥや聖書、漫画、広告など様々なものが混在している。

(41) Tiga (1935-2006) ポルトープランス生まれの画家。本名は Jean-Claude Garoute. いわゆるサン＝ソレイユ Saint-Soleil と名乗る芸術運動を創始、夢などをテーマにした宗教的・神秘的な色彩の濃い絵を描いた。

(42) Robert Saint-Brice (1893-1973) ペチヨンヴィル生まれの画家。もとはヴォドゥの僧侶で、ヴェヴェと言われる宗教的絵模様の描き手だったが、五十歳の時に宗教的な絵を描くようになる。その画風について、アンドレ・マルローはルオーとの親近性を指摘している。

放浪の友

ドミニック・バトラヴィル[43]。この友人はポルトープランスに住んでいる。私は彼の住所を持ち合わせていない。いずれにしても彼が家にいたためしはないが。たいていは、いずれ展覧会や出版プロモーション、文化省での記者会見などでばったり出会うのである。文化担当ジャーナリスト。私がこの街に暮らしていた時代の彼の職業だ。バトラヴィルは、私の義理の弟が数十年前に自分で創刊した雑誌に掲載した若い詩人たちのグループに属する。十八歳以下の詩人でなければ掲載してくれない雑誌だった。クレオール語によるバトラヴィルの処女詩集『ブールピック Boulpik』は喝采をあびた。しかし、彼は、彼の世代に属する多くの者と同じように、地獄を経験した。彼はそれを決して嘆かなかった。私が彼の健康に懸念を示すと、安心させるために、掌を開いて胸を叩いてみせる。それが病気に啖呵をきってみせる彼なりのやり方なのだ。彼の調子は予測のしようがなかった。山と谷の差が激しい。調子がどうしてもすぐれないときは、たっぷり一カ月は表に姿を見せない。心配した友人が彼を探しはするが、いずれまた現われるだろうとたかをくくっている。

また実際、姿を現すのだ。遠くからでも、彼の特徴的な笑い声が聞こえてくる。私が知っている人たちの中で彼ほど敵がいない者はめずらしい。こんなことはあまり言わないほうがいいのだろうが、彼のために言っておきたい。彼は軽々と境界線を跨いでしまう。社会的階級がしっかり根を下ろしている国においてはたやすいことではない。なんでもこなせる男でもある。ラジオの司会、活字の新聞・雑誌の記者、役者、ボランティアのプロデューサー。その才能にぞっこん惚れ込んでいる若い女性とよく一緒にいる。彼は街を駆けずりまわる。体は年々弱っているにちがいない（特に母親が亡くなってから）。私の不安そうな目に気がつくと、片目を瞑って安心しろという合図を送ってくる。フランケチエンヌは上半身裸でバルコニーからポルトープランスをいつも観察しているが、バトラヴィルは街中を歩き回る。街の隅々まで知っている男だ。縄張りを大股で歩く彼の姿は、私に、ガスネル・レイモンを思わせる。三五年前、独裁政権に殺された私の友人だ。ガスネルは毒舌家だった。バトラヴィルの笑いは時に辛辣に聞こえることがあるが、すぐに、寛大で優しい男なのだと分かる。それが感じられるのは、人を迎えるとき、腕を大きく広げて体を前

（43）Franz Dominique Batraville（1962-　）ポルトープランス生まれ。詩人、ジャーナリスト、俳優。

に傾ける、あのやり方だ。地震で死を免れたと聞いたとき私は胸を撫でおろした。この無防備な男は、私には、この絶対に飼い馴らせない街そのものなのだ。

一枚の写真

この破壊された都市に支援に来る者の多くはカメラも忘れずに持ってきている。最初、彼らはフィルムに悲痛を捕らえようと試みる。写真は、インターネットを通して友人たちに送られる。しばらくすると、やる気が出てくる。写真は一枚毎に向こうで確実に反響を引き起こすのだ。アマチュア写真家は誰もが、恰好の場所で恰好の時に立ち会い、恰好の写真をとれないかと夢見ている。彼らはプロのやり方をそのままコピーして、ろくに見もしないで機関銃のようにシャッターを下ろす。私はそうしたアマチュア写真家の一人に出会った。群衆に向けて機関銃のようにシャッターを切ることにいかにも得意気だ。マイアミの大学で写真の講座を受講したと話してくれた。我慢のならない教授で、印画紙に焼き付けた写真しか受け付けなかったそうだ。おかげで金がかかってしょうがなかった。フレーミングなんかしなかった。その教授はたちまち写真を破ってしまうので、時に見る手間さえかけないのではないかと思えるほどだった。彼はそう話しながら、写真をとり続けていた。彼をしばらく観察していると、教授の方法と変わりないのが見てとれた。写真をとっているのは彼なのか、それともカメラなのか疑問になるほどだった。なぜ、少なくとも写真をとる相手を見るだけの時間をとらないのだろうか。そんなふうに人々に機関銃のようにカメラを向ける趣味はどこから来るのか。必要なのは一枚の写真だけなのだ。彼は私の方をちらりと見たが、同じ時代を生きていないと私に理解させるにはそれで十分だった。ある光景をクロッキーするのに私には最低一時間かかるというのに、彼は自分のカメラで一分間に五〇枚はとってしまう。私は見るからに昔気質《かたぎ》の職人なのだ。黒い手帳をもって、ちょっとした細部を書きとめ、ある顔を描くのに役立てる。人波について行くと、破壊されたカテドラルの広場に出た。われわれは、各々の技術や方法をなおも執拗に話す。彼は、さきほどよりは私の話に耳を傾けているように見える。胸の中で計算して、一枚だけ写真をとるというやり方がどのくらいの節約になるか見定めようとしているのだ。一つのテーマに機関銃を向ける写真家からは独特のエネルギーが発散されているのは認めよう。仕事をしている作家とは何者なのか、私には分からなくなる。われわれは、立ち竦んでいる女に出くわした。大きな黒い十字架（それがカテドラルから残された唯一のものだ）を前にして両腕を広げている。私は低い石垣に座って書くことに決める。このようなシーンをどのように描くべきだろう。彼は一枚だけ写真をとった。

新たな標識

国が通りに名前を付けてもあまり意味がない。彼らは自分たちの標識で場所を確認するのだ。教会、一軒の空き家、公園、一棟の公共施設、スタジアム、墓地——目印にならないものはない。各人が、個人的な町の地図を作ってしまう。地方からやってくる者は的確な情報を携えて来ている。だから、親戚の者や友人、あるいは公共施設が見分けられる。幸いにして似通った家は一軒もない。都市計画が持ち上がったことなど一度もないという印象さえ受けるほどだ。自分の家を建てるにあたっては各人の自己主張があるので、鶏小屋などまっぴらなのだ。だから、どの家屋もその独創性、とりわけけばけばしい色のお蔭で見分けがつく。全てが破壊されてしまった現在、場所を確かめるのに通りの名前を使うのを避けてきたためもあり、いまや方角を定めるのが少々難しくなってしまった。特に最初はそうだった。こんな状況が新しい現実を作っていくので、すばやくそれに慣れなくてはならない。「どこにカリビアン・マーケットがあったか分かるだろう。そしたらね、そこをもう少しまっすぐ行くと家が二軒倒れているからね……」。粉々になったこの都市の現実に人々は昔の都市に存在したものを付け加える。彼らの記憶のなかにそれらがまだ漂っているのである。ここの住民は頭の中がいつも混乱しているのだが、ものを差し引くことはしないで、付け加えていく。以前の都市を知らない者たちの世代が来るまで、新しい地図が受け入れられることはないだろう。

ゴルフ

ゴルフ場が数カ月前から群衆に占拠されている。地震の前にはこのスポーツについてなに一つ知識のなかった人々だ。このような遊びは、密集した都市において理解を得るのはなかなか難しい。ごく限定されたお客のためにあまりにも広い空間を要求する。せいぜい一〇人程度の退屈しきった配偶者と、ゲームが終わるのを待ちながら遊んでいるふりをしている愛人たち。広大な土地を前にしたちっぽけな白球は、ひとを苛立たせるところさえある。平均寿命があまりに短いので人々がいつもせわしく動いている所で、故意に時間をゆったり使っているようにも見える。それに、われわれに絶大な人気があるのはサッカーである。ゴルフ場では土の質がよくても果樹は一本も生えていない。農学者の信じるところによれば、皆が生きているのは、マンゴーとアボカドの木が大飢饉を阻んでいるお蔭だそうだ。ゴルフ場の経営者が不安を募らせているのは、人々が出て行く気配がないからである。彼らが集まってくるには地震が起こらなければならなかった。彼らを追い出すには、同じくらいの規模の出来事が必要だろう。

椅子

ルネ叔母さんのベッドと母のベッドが狭い部屋の中にあり、その中間に椅子が一つ置かれている。古い椅子で、祖母がプチゴアーヴから持って来たものだ。椅子で思い出すのだが、亡くなるまで、祖母はルネ叔母さんとこの部屋を共有していた。母の方は、今は妹がいる部屋に寝起きしていた。祖母の死後、母が代わりにルネ叔母さんの傍に来たのだ。

心臓に異変があって以来、夜中にルネ叔母さんを一人にしておくわけにいかなかった。殺風景な部屋で、小さなベッドが二つあるだけで、それが古い大きな家具によって隔てられている。それから椅子が置かれているが、彼女たちと少し話をしたいときに私はそこに座るのだった。もっと言えば、私が椅子を使うのは、母と話をするためだった。ルネ叔母さんと話をするときは、彼女の小さなベッドの上に座る方を好んだ。私だけが、そのような特別扱いをしてもらえるのだった。病気になってからは、彼女はうまく口をきけなくなった。言っていることを理解するにはすぐ傍にいなければならなかった。彼女をよく知っている母は、言われなくても望んでいるものがなにか、どんな小さなことでも分かった。他の者たちは、叔母のぶつぶつ言う声を聞き分けられる範囲で解釈するしかなかった。私はめった一緒にいなかったので、何を言っているのか解読するには顔（口と目）を見るしかなかった。彼女は一言一言、幾度も繰り返した。彼女が言わんとすることを私が察するまで待っている、その忍耐心は人に感じ入らせるものがあった。同じことを聞かれることもよくあった。私の娘のことや、私の健康や、執筆中の本の主題のことだった。われわれは二人とも、この会話を大事にしていたので、通訳をしたいという意図をもっているような人たち（特に母）を遠ざけた。ルネ叔母さんと話をした後は、私は椅子に行って座り、人生においても、書くことにおいても重要な位置を占めた二人の女性の間に身をおくのだった。この椅子は、この部屋の他のものと同じように古びてしまった。しかし、母はそのようには受け取っていない。母は妹にそれを直させたいのだ。しかも、母は何かが欲しいとなると、昼夜、口うるさくそのことばかり話す。妹が困惑するのは、より緊急な注文に対応しているにちがいない職人さんたちに、そんなことをとても頼めないからである。母は、妹を一分たりとそっとしておかなかった。椅子がないと、彼女に会いに来る人も来なくなるような気がするからである。

神の位置

僅かな持ち物は瓦礫の下にある。街は跪《ひざまず》いている。救援物資は住民の特定の階層にしか届かない。そのような人々にとって、ラジオで言っていること、つまり政治は一切関わりのないことである。彼らは自分しか頼りにできない。それから神と。神は、彼らが地上で一人ではないと自分に納得させるためにある。それから、彼らの人生が貧困と悲嘆の連続ばかりではないと。肝心なことは、好きな時にいつでも神に近づけることだ。神に要求しすぎてはいけないことは理解したのだ。神の精神的なレベルでの手段は無限大だが、物質的なレベルでの手段は限られている。家を失ったのなら、命だけは見逃してくれたことに感謝しなければならない。私はいつでも、知識人たちが貧者における神の位置について言っていることに唖然とする。精神的なものとはなんの繋がりもないのだ。それは母の椅子のようなものだ。持っていた方がいい。いつ誰が訪問するか分からないのだから。

芸術都市

たしかに画家は掃いて捨てるほどいるし、それをどう扱っていいか困惑するのも事実である。だったら、再建にあたって特別な地位を与えてあげるべきなのだ。家は雨風をしのぐためにあるのではない。そして街が住めるようになるためには魂がなくてはならない。国際的な場において、ポルトープランスはどう定義されるだろうか。共同の交通手段としての派手な色のタップタップ乗合いタクシーというところなのか。どうして街角に絵を描いてはどうかと考えないのだろう。ポルトープランスを芸術都市にして、音楽にも一役買ってもらえばいい。ハイチは今回の断絶を自らのイメージを変えるよい機会にするべきだ。これだけのチャンス(一つの言い方ではあるが)は二度と来ないだろう。そんなにピリピリした顔をしない方がいい。ピリピリしているのにはそれなりの理由(困窮、独裁者、治安の悪さ、ハリケーン）があるのはもちろん分かっている。しかし、それでは来客を追い返してしまうことに変わりはない。われわれに揉め事があるにしても、喜ばしい文化を生み出し、展示した方が意味があるだろう。芸術と工芸は別物だ。ハイチ絵画は立派な芸術だ。どうして世界の主要都市、パリ（パリは他の都市にくらべたら、いろいろしてくれた）、ニューヨーク、ローマ、モントリオール、ベルリン、東京、ダカール、アビジャン、サンパウロといった都市が、国立美術館でハイチ芸術の大規模な展覧会を開催してくれないのだろうか。各人が得るところがある、面白い協力関係になるだろう。そして、ハイチは他の国と伍してやっていけるようになるだろう。ハイチは芸術を通して貢献するのだ。捨てたものではない。

ブラジルとハイチ

ブラジルはハイチと三つの共通点をもっている。コーヒー、サッカー熱、そしてヴォドゥである――ブラジルでは、ヴォドゥの一ヴァリエーションであるカンドンブレが流布している。サッカーの話をすれば、ハイチはブラジルに肩入れしている。それに加えて、音楽への同じ熱狂的嗜好（カーニバル期間中の熱に浮かされた身体を思えばいい）とアフリカに遡るあの宗教儀式がある。ブラジルのサッカーチームへの熱狂は大変なもので、ハイチと試合をしている時でさえブラジルを応援する。ポルトープランスにペレが来たときのことを思い出す。街は文字通りトランス状態になった。私は試合を観に行かなかった。しかし、家がサッカースタジアムの傍にあった。私は三度ものすごい歓声が街全体を揺るがしたので只事ではないと思った。私は何が起こったのか知りたくて家の外に出さえしたのである。一人の男が嬉しくてしょうがないという風に飛び跳ねながら坂道を登ってきた。私は、ハイチが何点差でブラジルに勝ったのかと尋ねた。男は私が何をしでかすか分からない狂人ではないかと言わんばかりの目付きで見てから、いままでのところブラジルは三点しか得点していないが、それはどこまでも礼儀から遠慮しているだけだと言い放った。それから彼は道の突き当たりまで大笑いしながら歩いていったが、その声がまだ私の記憶の中で響いている。そして今年は、ワールドカップが近づく頃にはどのテントからもブラジルの国旗が突き立っていた。黄色と緑の熱い色は街に陽気な雰囲気をなにがしかもたらした。にわかに、地震が、この傷ついた都市の一番大事な話題ではなくなったのである。

仕事中の作家

私が部屋に入ると、甥は自作のコンピュータの前でなにやら書いていた。私は隅に座って彼の様子を見る。甥は傍にノートを置いて、時々なにやら書きなぐっている。正確に私と同じようにしている。しかし、私は彼に自分の仕事の仕方を話したことなどない。甥はどこかで読んだのかもしれない。それとも、われわれは同じ方法論を持っているということだろうか。執筆中の作家は誰もが似たような様子をしている。甥はやにわにこちらを向いた。

「書いているのかい」

「さあ、どうかな」

「でも、見たよ、君が……」

「書いていたんじゃないよ」

少しの間、二人は顔を見合わせた。

「どうして書いていたのに、そうじゃないって言うんだい。作家は誰でもそうするものだ」

「僕は作家なんかじゃない」と言い切る彼。

「どうして」

「本を書いたことがないもの」

「作家というのは、ようするにものを書いている人のことだよ」

甥は打ちのめされたボクサーのような目付きを私に投げかけた。作家の仕事に入りかけた証拠だ。長い道が彼を待ち受けている。それは一人で辿るしかない道だ。

プチゴアーヴの日曜日

ポルトープランスの騒音から逃げ出したくなった。電圧が常に高いこの都市を横断する一番よい刻限は、日曜の早朝だ。ルネ叔母さんの葬式の時とは違った気分で同じ道を辿り直す必要が私にあった。別の眼差しでもう一度すべてを見直すのだ。デルマ三一番通りの私の家を出て海に沿って貧弱なバラックが並んでいるマルティサン地区まで行く途中、ポルトープランスが眠りこけているのを発見したのはなんとも意外だった。この怪物が休んでいるのを見たのはいつのことだったか私には思い出せないほどだ。けばけばしい色のタップタップ乗合タクシーさえ見かけない。下町の労働者を何千人も工業地区へ輸送する、すばしこい小さなトラックのことだ。徹夜で遊んだ者たちがまばらに朝帰りの道についている。でなければ、朝一番のミサに向かう老婦人たち。頭に水瓶を載せたごく若い娘たち。人口が密集した貧困地区を横切っているとはとても思えない。ポルトープランスの周辺に植物のように延びていくこうしたスラム街では、この一週間、ワールドカップでブラジルが許しがたくも敗退したことばかりが姦《かしま》しかった。(44) 興奮がすぎて、さすがに疲れたのだろう(ブラジルの敗戦の後に四人の死者が出た)。国道に入るや、(45) 私には学年末の試験が終わった後ポルトープランスを出てプチゴアーヴに向かうときにいつも感じていた気分の高揚が甦ってくる。道路には、自転車や黄色や赤の小さなバイクが無数に走っているが、タクシー代わりに女の子たちを後に乗せているのだ。女の子たちが投げつけてよこす表情のない眼差しに私は十代の頃から魅惑されていた。左側には窓の小さな青や黄色の家が並んでいて、ホテルの前で売っている絵画のように見える。右側には、砂糖黍《きび》畑の後に、この時間にはトルコ石のように輝く海が見える。人影のない広大な土地が拡がっているかと思えば、もう人で賑わう小さな市場が過ぎ去った。生命に溢れた太陽が急峻なモルヌ・タピオンの麓に差しかかったわれわれを捕らえる。私は子どもの頃から、いつか私を乗せたトラックがこの崖から落ちるだろうという予感を抱いてきた。

私はトラックから降りてマンゴーを木からもぎ取って、その場で食べる。一度やってみたかった古い夢だ。山の丁度反対側にプチゴアーヴが見えてきた。町の入り口に来ても見覚えがなかった。新道なので、大きくなった町の中心には入らないのだ。私は、プチゴアーヴのことになると小さな細部がぎっしり詰って肥沃になった自分の記憶を辿ったが、同じ家は一つとしてない。車は右折して海の方に向かう。するとプチゴアーヴが突如として目の前に出現する。まったく同じ白くて乾いた長い道が町を貫いている。いまでも海を背にした病院の前を通り、カリビアン・マーケットの傍にある小さな広場まで車を進める。新しい広場は私の子ども時代の広場よりきれいだが、私にはそれほど心に響かない。もう少し自然でわざとらしくない方がいい。港が見たかった。あそこに大人たちが集まってきて、七月の耐えがたい暑さのときは夕涼みの散歩をするのだった。青少年にとっては、そこは

(44) 準々決勝でオランダに敗れた。優勝はスペイン。
(45) バラック街を抜けると、急にアスファルトで舗装された広い道になる。主要幹線でもたいてい穴だらけの道が続くハイチでは珍しく整った道路。

夢の場所だった。なにげなく相手と体が触れ合ったり、熱を帯びた視線を交わしたりする。それだけで私は天まで吹き飛ばされてもいいと思ったものだ。教会の傍を通過した。いまでも白く、清潔だ。そこから立ち昇る賛美歌や正午の鐘の音はいまでも私に棲みついている。教会から（私の記憶の中にしか存在しないのだが）キリスト教教育団の小学校まで行く。ブルターニュ出身の僧侶たちが私の教育の面倒を見た。修道女たちの学校には女の子が雲のようにいて、ヴァヴァ(46)の時代を思い出させる。それからキリック教授の家。彼は、プチゴアーヴ・サッカーチームの最良のセンターバックだった。左折して、ラマール通り八八の家の方に向かう。この二〇年来、私は、ラマール通り八八を永遠の住所にしようと試みている。幸せな子ども時代の住所。私は、一番奥にある大贖宥の大きな十字架でようやくそれとわかった。まず正面の家に気がついた。黒い犬がいたっけ。私の子ども時代の家は今日、正面に住んでいるあの友達のものだ。しかし、家は私の記憶の藪の中にうずくまっていて、なにものにも汚されないままだ。それに家を訪れると、私には叔母たちの澄んだ声が聞こえてきて、そこにいるだけで人を安らかにする祖母がいるのが感じられた。薄暗がりから私の犬の「侯爵《マルキ》」が寄り添ってくる。私はこじんまりとした日曜の市場に沿って歩き、橋の向こう側にある古い墓地まで行った。そして一番奥に、雑草に囲まれた祖母の墓があるのを見つけた。その横には、ルネ叔母さんが眠っている。私は、奥の墓にあった花輪を取ってきて、そこに置いた。

電気

喜悦の声が聞こえたのは、私が眠っているときだった。どうしたのだろう。電気よ、と妹が言う。送電されてきたのだ。家の中は大騒ぎになった。照明をすべてつける。コーヒーを沸かすことにする。音楽を鳴らす。刺激的なエネルギー。隣の家からも喜びの雄叫びが聞こえる。あの隣の連中は我が家の電気を引き込んで使い込んでいるのだと妹。それはどういうことなんだい。妹は引き出しをかき回して、明細書の束を取り出すと、私の鼻先に突きつける。とんでもない金額である。数カ月来、妹は国立電力会社（ＥＤＨ）の事務所に何度となく行っては請求額を減らしてくれるように頼んでいる。ようやくどこに問題があるのか理解できる職員と話ができて、借金の一部を削除してくれたが、翌月になると、

(46) ラフェリエールは二〇〇六年に『ヴァヴァに首ったけ』という少年少女向け作品を発表している。

再び同じ請求金額になっている。ほんとに頭に来るわ、と妹。母は寝室のドアに立って聴いている。役所仕事のひどさが彼女たちの生活に毒素を注いでいる。なんでもここでは、暮らしに毒素を流し込むようにできているのだから。母が、血管の中には毒しか流れていないと付け加えた。国立電力会社が配電してくれるわずかな電気（四時間）がなくなったら生活できなくなるという点では、二人は意見の一致を見る。それが役に立つのはもちろんのこと、妹は「中世に逆戻りする」のだけは御免だからだと付け加える。母は力なく同意する。このことでかなり前から二人は戦いを続けているのである。妹はめったに政治の話をしないが、政府は貧しい人々を人間扱いしていないと言い放った。母がまたも同意する。しかし、それはただただ娘の肩を持ちたいからにすぎない(47)。

パレ・ナショナル(48)

人々が以前の生活を懐かしみはじめる。一月十二日以前の生活という意味である。正確を期するなら、一月十二日の三分の二は過ぎていたと付け加えた方がいい。地震は一月十二日一六時五三分に起こったのだから。一六時五二分まで、われわれはいい気で暮らしていたのである。まだ一分残されてはいた。一分にどれだけの価値があるというのだろう。大いにある。なぜなら地震は一分も続かなかったのだから。最大の衝撃はパレ・ナショナルが倒壊したと告げられた時に来た。ニュースが伝えられた後の静まり返った様子を私は思い出す。まるで戦争に敗れたかのようだった。数カ月経っても、パレ・ナショナルが喪失したことは受け入れ難いものがあった。それは中心軸であり、周りに偉大な夢の数々が回転していた。そして、そこに民衆の願いの数々が激突して砕け散ったのだ。宮殿が倒れてよかったと言う人もいる。どちらかと言えば、左翼の人だ。それが象徴していたものを指しているのだろう。宮殿の倒壊を悲しんだのはとりわけもっとも貧しい人たちである。彼らは、自分たちが所有者だと言える唯一の建物と見なしていた――それは、考えられている以上に一般市民の頭の中にしっかりと根を下ろした思想である。どんな母親でも、いつの日か自分の長男が「大統領の椅子」に座ることを夢見ている。独裁者たちが二百年以

(47) ハイチは恒常的な電力不足の状態が続いていて、地震前でも一日に数時間しか電気が来ない。ホテルなどでは、自家発電をして営業している。

(48) 大統領官邸はハイチの数少ない華麗で大規模な建造物だった。二十世紀初頭に建設されたが、数々の重要な政治的舞台にもなり、ハイチの歴史の誇りでもあり、暗部を象徴する建物でもあった。

上に亙って任期以上に不法占拠していたという事実があるからといって、価値が減じるわけではない。人々は、建物とそこに居すわった者たちとを混同する過ちは決して犯さなかった。いつの日か、その栄光を回復できるという希望を抱いている。一つの建造物の重要性が、その消失によって引き起こされた衝撃にあるとしたら、パレ・ナショナルは象徴と言っては片づけられないほどの価値を帯びている。宮殿が最初の揺れによって破裂したと知ったとき、衝撃の波動は街を、国さえも包み込んだ。あのパレ・ナショナルは、芝生でできた低いテーブルの上の大きな白いケーキを思わせた。そして、子どもの誕生日のケーキにも似た羨望の念を起こさせたのである。

一月十一日

ルポルタージュの必要から私は地震の前日歩き回っていた。『ラ・プレス』のジャーナリスト、シャンタル・ギーと、プロの写真家イヴァノ・ドゥメールと一緒だった。二人は、朝かなり早い時間に私を迎えにホテル・カリブまで寄った。空は澄んでいた。ようやく現われた太陽。前の週はずっとひどい天気（寒気と曇天）だった。ポルトープランスのルポルタージュ。私の眼差しが捉えたポルトープランスが欲しいと言う。どうも私をだしに使って、主幹がボツにした企画を復活させたいらしい。反論が返ってくる。「いや、そうじゃないのよ。この街へのあなたの眼差しが欲しいの。あなたの私的なポルトープランスを読者と共に共有したいのよ」。そういうことだったら、シャン・ド・マルスに行かなくては。パレ・ナショナルの前の大きな広場だ。宮殿の周りを歩く。パパ・ドックの時代には、この宮殿が厳重に警備されていて、建物の前を横切らないようにしていたと私は話した。虫の居所が悪いトントン・マクートに目をつけられたら大変だからだ。しかし、他にやりようがないときは、息を詰めて早足で通りすぎた。当時、われわれを引き寄せたのはシャン・ド・マルスだった。われわれは勉強に来たものだし、息抜きに来たものだ。トタン屋根の自宅では暑いからだ。友達とサッカーをしに来たし、近くの女の子たちをナンパしにも来た。彼女たちもわれわれと同様に、試験勉強に来ていた。ドゥメールはひっきりなしに写真を撮っていた。フレーミングのためだ。彼はすばやくものを捕らえようとしていた。小さなカフェの方に向かった（テーブルは六つくらいしかない）。そこのレジの男とは、私が毎週土曜の夜にレックス劇場で西部劇を観た後ハンバーグを食べに来ていたときに知り合った。ちょうどその正面にコレージュ・サンピエールの美術館がある。そこに入って私は、サン＝ブリス、エクトール・イポリット、アントニオ・ジョゼフ、セドール、ラザール、フィリップ・オーギュスト、ウィルソン・ビゴー、ブノア・リゴー、ジャスマン・ジョゼフ、ようするに私が一九七〇年代初めに発見した画家の全てを見にいった。次に、私はカポア通りに沿って、女子高等中学校の前を通り、ラフルール・デュシェーヌ通りまで行った。私がハイチを出発しモントリオールに行く前に、生活していた場所である。私は、母と妹と叔母たちと共に暮らしていた家を見た。私が国を出てから、彼女たちはもっと下町で、活気のあるカルフール・フォイユに引っ越した。中庭で一人の婦人が私を迎えた。庇になっているところに美容室を開店している。年末までには一部屋広げたいそうだ。お客が目に見えて増えているのが理由だ。脇で、セットしている婦人客がなにやら卑猥な冗談を言ったが、私には聞き取れなかった。周り中が大笑いになった。私が出て行ってからも笑っていた。カポア通りをさらにオロフソン・ホテルまで行った。ここにグレアム・グリーン(49)が六〇年代に滞在して、『喜劇役者』を書いた。パパ・ドックを嘆かわしくも有名にした、あの小説だ。テーブルに座ってラム・ポンチを飲み、ランビ貝の料理を待った。みんな同じものを注文したが、それは早く料理をもってきてもらうためだ。オロフソンは食事は悪くないが、待たされる。その間を利用して、長いインタビューを行い、写真を何枚か撮り足した。それから、それぞれ自分のホテルに戻り、翌日の待ち合わせを決めたのだった。

神々に語りかける

このような出来事（マグニチュード七）がヴォドゥによって取り込まれ、変容を受けるまでにどのくらいの時間を必要とするのだろうか。神々は、今回のことをどう思っているのだろう。レグバ[50]よ、あなたはどこにおわしますか。オグーン[51]よ、あなたの考えをおっしゃってください。エルズュリよ、どう思われますか。一言も返事はない。神々は黙している。今回のことの背後に神々がおられるなら、それはなにかの意図をもたれてのことでしょうか。何を企んでいるのでしょうか。どんな意図をおもちなのでしょうか。まずは、姿を顕してください。

（49）Graham Green（1904-1996）　イギリスのカトリック系作家。
（50）人間界と神の世界の境界を守るロア（精霊）。交通や通信を司り、麦藁帽を被りステッキをつき、パイプを持った見すぼらしい老人として描かれる。
（51）戦いのロア。剣や鉈を持ち、火、戦争、鍛冶を司る。

グドゥグドゥ神の御意志

民衆の想像力は極端に走るのが常だが、すでにして人間の考えの及ばないようなことをさらに大げさなものにするのだろうか。期待してみるだけの価値はある。ただ、多少の時間が必要だろう。他の宗教にしても、地震が人間の精神に及ぼした衝撃をなんとうまく取り込んでしまうのだろう。願ってもない機会なのだ。すでに装置はものすごい勢いで駆動している。ハイチの精神風景を占拠している宗派やセクトはどこも自分たちが地震を予言した時がいつだったか決定しようと調査を進めている。エホバの証人は真っ先に——一月十二日から十三日にかけて——破壊された街に立ち、エホバが予告していた終末がついに来たのだと叫んでいる。彼らにとっては、栄光の日が到来した。世界に背を向けていたことは正しかった。エホバは、神の怒りがいつ炸裂してもおかしくないと警告していたが、嘘ではなかった。神は盗人のように訪れるだろう、稲妻よりもすばやいだろうと言っていた。まさに、その通りのことが起こった。ヴォドゥの僧たちは、用心して、現在までは地震の話をするのは控えている。このような規模の震災に責任があると言われたくないのだ。

プロテスタントやカトリックはすでにヴォドゥを名指しで批判している。両者にとっては悪魔の仕業なのだ。今回の事件は、ヴォドゥの歴史の中で一定の位置を占めることになるだろう。おそらく、このような亀裂は新しい神の出現を告げるしかないだろう。その神はすでに民衆の文化の中では名前をもっていて、グドゥグドゥという。天への信仰を失った人々は、足下の地面が失われるのを見た。これまで恐れられていたのは、ハリケーンの風であり、洪水の水だったが、今回、大地そのものが恐るべき敵として顕れた。グドゥグドゥは何を望んでいるのか。

テレビの時間

二つの時間といってもいいかもしれない。それが、生きるか死ぬかの決闘をしている。一方が他方の排除を望んでいる自然の時間とテレビの時間のことである。現実世界においては、一つの民の生命は数世紀に及ぶ。数千年のこともあるだろう。ある社会が新たな展開に入っても、三〇年間程度は、どんな震えも感じないですむ。浸透は緩慢に進行する。集団の時間は、線路の傍で草を食んでいる牛に似ている。列車が通るたびに新たな世代の人々が運ばれてくる。世代特有の感受性、固有の感情、固有の闘争を持っている。牛は列車が汽笛を上げて次々と通りすぎるので、その度に目を上げることはしなくなる。ゆっくりこの地震を反芻し、急ぐこともない。つい近頃のことでも、デュヴァリエ時代をまだ反芻しきっていないと言ってよい。あまりに停滞した時代なので、一人の男が死んでもビープ音ほどの反響もない。他方で、たえず加速するテレビの時間がある。テレビでは、一〇秒のあいだに薔薇が花開くのを見ることができる。今日のような巨大な危機の時は、人々はテレビの前に貼り付いている。あまりに長く座っているので、この人工の時間が血管の中にまでしみ込んでいる。テレビを長時間見すぎると、目の前で起こっている事件に介入できるような気がしてくる。人生の中ではすべてがあまりにゆっくりしているように見える。人々は即座の変化を要求するようになる。トイレから戻る度に、新しいことが起こっていてほしいのだ。事態の進展が必要なのだ。どうしてこのトラックはもっと速く走らないのかというわけである。われわれは二日にわたって肘掛け椅子に座ったままだが、その間に動いている人々を批判するのである。どこかで、人々はほかのことをしなければならないと思う。そうなると、現実世界を変えられないので、それがフィクションに変化していてほしいと願望する。テレビの前に長いあいだ座りすぎたときに起こることである。

医者に行く

母の足下に猫がいる。目が優しすぎるので、怯えているようにも見え、むしろハツカネズミを思わせる。地震の後、中庭にいるのを見つけたのだ。母はすぐに引き取った。以来、いつも囁き声で話し合っている。妹に言わせれば、理解し合っている。母がバルコニーから出て行った。子猫は、見捨てられたように見上げている。まるで世界が崩れ落ちたかというような様子をしている。われわれは、母が車に乗るのを待つ。妹が医者に連れていくのだが、母が一番嫌がっていることだ。母がこれほど子猫そっくりになることは他にない。母は車まで来るが、また何かを取りに家に戻る。何を探しているのか言ってくれることはない。本当のところは、できるだけ遅らせようとしているのだ。妹は、クリニックの受付一番乗りをめざしている。そうすれば、午前だけの半日休暇ですむからだ。診察が早ければ、一一時前に検査に行く時間があるだろう。そうすれば、われわれを家に連れ戻してから仕事に行けるというわけだ。見ると、妹はもう汗をかいている。朝のうちに、ものすごい速度でなにもかもしてしまうのだ。家族の朝食。お手伝いさんと決める昼食メニュー。

相当の量（請求書など）を処理してしまうし、その間、気まぐれな母や、いつも学校に持っていくものが何か足りない息子、毎朝、体のどこかの調子が悪いと言い始める夫、鬱に陥っている外国の娘の相手をしている。だから、今週になってラジオの話題をさらっている震災後の心的外傷《トロウマティスム》を心配している暇などない。何人かの精神科医がハイチは震災後の心的外傷研究の恰好の実験室になるとテレビでコメントして以来、なにかにつけてその話になる。全てがそのような視点から見られるようになっている。職場に遅刻して着けば、震災後心的外傷になる。以前から時間通りに来たことがなくても同じだ。ようやく母が車に乗ったので出発する。甥は父親と出掛けた。妹は父親の車がパンクする確率は五〇パーセントと言う。母は大笑いする。いい医者だけどちょっと高いわよと妹。到着。少し待たされた後、診察室に入る。広くて静かな部屋だ。医師は細身の男で、粋な雰囲気をどことなく漂わせている。だが、能力はありそうだ。そっけない調子だが、押しつけがましくない温かみがある。有能な人とはそういうものだろう。母は、医者の前に来るといつでも気押されたようになる。妹には気配りが感じられ、心配そうな様子をしている。医者は真面目さと快活さが入り交じった顔つきをしているが、母の腫れた足、とくに右足の傷を見ると少し気にかかるような表情を示した。メモ書きになにか書き込むと、検査を受けるように指示する。

検査の結果は専門医に送られる。車に乗ってから、私は、クリニックの建物に罅《ひび》割れが見当たらないようだが、あの医者は運がいいねと言った。妹の言うことには、彼は少なくとも二回はさらわれたことがあるそうだ。勇気がある男よ。ここで生活するにはそのくらいでないと無理ねと、妹はまっすぐ前を見ながら言う。検査は民間の検査室に行って受けることにした。その方が待たされないですむ。私は、ある程度の生活水準の人たちが来るのだろうと予想した。あらゆる階層の人がいた。誰も地震には触れないが、水面上になんとか顔を出していることの難しさを語っていた。ようやく母の名が呼ばれた。うなじまで不安の色が出ている。母がそこまで脆いことを忘れていた。体が一方に傾き、肩から黒いバッグのベルトがすぐに滑り落ちる。戻ってくると、晴々した顔をしている。注射はなかったのだそうだ。すぐに帰宅、妹は職場に向かった。

新しい芸術

どんな芸術形式がまず出現するのだろうか。衝動的な詩なのか、それとも斬新な光景を貪欲に追求する絵画なのか。地震の最初のイメージが見られるのはどんな場所だろう。街路の壁なのか、それともタップタップ乗合タクシーの車体なのか。詩ほど素早くはないが、長篇小説よりは機動力のある中篇小説がふたたび流行するのだろうか。長篇小説には最低限必要な経済的安定というものがある。ハイチではそれは難しい——長篇小説が花を咲かせるのは産業化した国においてだ。作家たちはすでに仕事にかかっているのだろうか。誰が破壊の大小説を、あるいは再建を論じる長篇評論を書くのか、競争なのだ。フランケチエンヌなのか、それとも無名の作家なのか。ダランベールなのか、それとも震災前にはハイチのことを聞いたこともないドイツの作家なのか。ハイチ独裁政治の大小説(『喜劇役者』)は、英国の小説家グレアム・グリーンが書いたことを忘れないようにしよう。地震は地球全体を経めぐったということもある。つまり、ハイチの地震は世界中の人たちのものだ。もしそんな悲劇的大小説が天才的で気障なブルジョアによって書かれたとしたら、われわれはそれをどう考えたらいいのだろう。そのような本をそれそのもの(傑作)として受け取るだろうか、それとも人を笑いものにする神がまたもや平手打ちを食わせたと思うだろうか。そして、小説はどのような文体で書かれるだろうか。アイロニーに満ちた文体なのか、それとも悲痛な調子なのか。滑稽な文体で書かれるなんていうことがありうるだろうか。多数の死者が出たというのに。涙が出るほど笑える小説? 許される範囲を逸脱した作品だったら、誰が検閲にかけるだろうか。教会、国、それとも世論？　地震の時その場にいなかった人が、それを芸術作品にしてしまう正当な権利はあるのだろうか。新時代のハイチ人はドラマの瞬間にその場に居合わせたのだろうか。競争は万人に開かれている。ただ、競争の途中でなにかを失ってしまう恐れはある。われわれの個人的な部分だ。誰もが注意深く観察されている。単に発言するためだけにも、身体検査を受けなくてはならない。家族に死者が何名いるのかが問題にされる。地震ではなく、まるで戦争である。リスボンの地震(52)の場合、残ったのはヴォルテールの詩(53)だった。

社会的絆

震災以来、孤児になった若者が数百、いやたぶん数千人いる。家族全員を失った者もい

(52)　一七五五年十一月一日にリスボンを襲い、大被害をもたらした地震。
(53)　リスボンの地震に衝撃を受けたヴォルテールは小説『カンディード』の中で地震に触れたほか、『リスボンの災害についての詩』を残している。

る。彼らが漂流するにまかせていたら、一〇年も経たないうちに、国中で犯罪の増加が大問題になるだろう。人は他者と人間関係があれば殺すのを躊躇するものである。逆の場合は、恐るべき無感覚が育つ。学校の教室で一緒だった者の母親に盗みを働いたり、むかし仲間だった者の金品を狙って殺したりするのはためらわれる。子ども時代に形成される絆があるからだ。社会にしっかりと組み込まれているのである。社会に負っているものがある。社会的なネットワークを早く編んでいかなければ、街は急速に断片化するだろうし、ギャングが跋扈するようになるだろう。

信頼できる友

マルキュスに初めて出会ったのは、一九七二年ごろ、フランス学院の講演会でのことだった。私は、高校を終えたばかりで、大学の民族学部に登録したばかりだった。民族学部というのは、私には、ポルトープランスにおいて昼寝していても教養がつく稀な場所の一つに見えた。医学部や土木工学部、あるいは農学部のようなより評価の高い学部に入学し損ねた者には最後に残された避難場所だった。当時、法学部は大した価値はなかったが、それでも民族学部よりは上だった。ハイチで民族学部が何かの役に立つとしたら、ヴォドゥや伝統音楽、宗教的舞踊について研究をする場合だけだった。髭を輪状に生やして、「マルディオック」[54]豆のアクセサリーを首につけ、農民のシャツを着なくてはならない。私は午後になると、パレス映画館から遠くない学部の校舎に行き、ハイチ文化へのアフリカ文化の影響に関するプライス＝マルス博士の理論について議論したり、パリの、と言って悪ければフランスの文化のハイチ富裕層への影響力を論じたものだった。ある晩、私は再びマルキュスに出会った。コレージュ・サンピエール美術館の展示を見ている時だった。彼は、ラジオ・ハイチ・インターで一緒に働こうと誘ってくれた。彼は当時、午後一時のニュースのディレクターをしていて、私はそのルポルタージュを制作することになった。家が近くだったので、というのも、彼はロワ通り、私はラフルール・デュシェーヌ通りだったから、二人で朝食を共にするようになった。彼の妻ジョスリーヌはすぐに私を身内のよ

(54) いんげんのような豆。首飾りを作る材料になる。ハイチのクレオール語では「ケプカ keppka」と言う。デュヴァリエ政権を厳しく批判した詩人ラスール・ラビュシャンに詩集『三つのマルディオック・ネックレス』(一九六二年) がある。

うに迎えてくれた。ワーグナーをよく聴いたものである。フランス滞在から帰ってきた彼は、ワーグナーに夢中になっていた。われわれは毎朝シャン・ド・マルスの周りでジョギングをして、走りながら政治情勢を話し合った。よく話題にしたのは権力とメディアの錯綜した関係だった。発言に気をつけなければならなかった。政府のスパイが独立系のジャーナリストの顔をしてメディア界に侵入している兆候があったからだ。誰もわれわれの話を聞いていないと確信できるように公園の周囲を走り回りながら話をした。マルキュスは緻密な仕事をするジャーナリストで、噂を嫌悪していた。何を言うのでも事実の裏付けがなければならなかった。ところが、この国では誰もが作り話にうつつをぬかしているのである。政府にしても、反対勢力にしても、メディアにしても、普通の生活をしている人々にしても、各々、現実とはなんの繫がりもない自分だけの世界を編み出していた。私は、どこからこの厳格さが来るのだろうと思ったものである。彼が冷静さを失うのを見たのは一度だけである。彼の娘が生まれた日だった。彼は私を家にまで迎えに来たが、一緒に病院に行こうと誘うのだった。自制しようとする様子が見て取れたが、そのためかえって興奮しているのが目についた。私は何も気がつかないふりをした。彼は車で三度パレ・ナショナルの周りを回った。普通は避けなければならない場所だった。体制の手先がうようよしているので、タイヤがパンクしただけでも、とんでもないことになりかねないのだ。われわれは支障なく病院に着いた。赤ちゃんは娘だと告げられると、彼は嬉しくて頭がおかしくなったのではないかと思えるほどだった。ところが、一カ月が経過するまでは、彼は赤子を腕に抱こうとしなかった。妻のジョスリーヌは絶望しきった目配せを私に投げてよこしたものだ。とうとうある朝、ラジオ局に行くために車に乗る間際になって、彼はジョスリーヌの方を振り向き、赤子を抱き取った。赤子が笑みを湛えた眼差しを見せてくれなくてはならなかったのである。ガスネル・レイモンの死を私に知らせたのはマルキュスである。この友人と私は一緒に『プチ・サムディ・ソワール』のルポルタージュを担当していた。政府の覚えが極めて悪い政治と文化の週刊誌だった。私は、一九七六年六月のガスネル殺害のあと、モントリオールに発った。そして一九八〇年十一月、マルキュスが投獄された。ハイチでの選挙を要求していた独立系ジャーナリストは全員だった。デュヴァリエ体制は一九五七年から続いていた。まもなく例の少人数のグループが国外追放になった。彼らはニューヨークに行った。そして、一九八六年にハイチに帰国する。ジャン＝クロード・デュヴァリエが出国したときである。われわれ二人は互いを見失ったが、一九九〇年、私が静かに執筆できるところを求めてモントリオールを離れてマイアミに行ったとき再会した。私はサウスウエストに住んでいて、彼はリトルハイチから近い所にいた。私はリトルハイチに暮らしている叔母たちに会いにいくついでにマルキュスとジョスリーヌのところに立ち寄った。マルキュスはあいかわらず活動的で、政治的な週刊誌『ハイチ・ドマン』を発行する傍ら、ラジオ番組も担当していた。われわれは政治から文学までなんでも話題にした。日々の噂話も忘れなかった。アメリカ文化についても議論した。二人ともアメリカ文化に強く惹かれていた。猛獣の腹の中で暮らしているからといってかまいはしなかった。私は冒険小説を持参しては、ポルトープランスでの生活をなつかしんでいたジョスリーヌを慰めようとした。彼女は帰国が可能になるとすぐにもどって暮らすようになった。マルキュスにとっては、ことはそんなに簡単ではなかった。彼はマイアミにいなくてはならなかった。新聞を編集していたし、ラジオ番組を担当していたからである。彼の夢はハイチにラジオ局を開設することだった。友人のリュシアン・アンドリューとそれを果したのは何年も後になってからのことである。メロディーFMと言った。その局内で、私はあの日の正午に再会したのだ。彼はすぐさま私の世話を彼の若いリポーターチームにさせた。彼は次号の『ハイチ・ドマン』の編集で手一杯だった。私は局を見学しながら、時代を遡って、一九七〇年代の中頃にいるような気分になった。それからバトラヴィルがやって来て、一時《ひととき》、雑談をした（コーヒーが出た）。マルキュスの事務机がある部屋だったが、まだ校了に至っていなかった。何事も彼を仕事から引き離せなかった。一〇年以上会っていない友でも。そのうち、マルキュスが震災のときに家の瓦礫の下からジョスリーヌを引き出したという話になった。彼は、あのそっけない、冷たい調子で話してくれた。私は彼が犬を助けるためなら濁流の中にでも飛び込むことをよく知っているが、その時、彼は局にいたそうだ。地震だと分かるや、彼は自宅に駆けつけた。家がある場所になにもないのを見たとき彼はジョスリーヌが生きていないことを悟った。ジョスリーヌがその下にいることは疑いなかった。その時間なら、間違いなく彼女はテレビを見ながら編み物をしているからである。事実、彼女は大梁の下で見つかった。すぐに病院に運び入れたが、手遅れだった。彼は病院を出て女友達のところに彼女を預けて、それからラジオ局に戻った。なぜラジオ局に戻ったかと言えば、小さな局とはいえ、その晩放送できたのがメロディーFMとシニャルFMだけだったからと説明してくれた。「僕はジャーナリストだからね。こんなスクープをみすみす逃すわけにいかないよ」と静かに言う彼。ポルトープランスに地震があったのは（その時点ではまだレオガン、プチゴアーヴ、ジャクメルに被害が出ているとは知られていなかった）、この国の歴史の中で二回目にすぎなかったのである。彼は事態の推移を報道し続けた。何日間にもわたって、ラジオ局を出ることはなかった。私はあの日の彼の姿を忘れられない。妻をどこかに安置して、仕事に戻ったのだ。爪の先までプロの男。別れ際、彼は私の母へと小さなラジオを一台くれた。母は自分を思い出してくれたことに心を打たれて、その晩、彼のことばかり話した。母はどうして彼が昔のように姿を見せないのかと何度も聞いた。それが人生の変遷というものなのだ。

役に立つとはなにか

一・一二（九・一一と言われるように、当地では一・一二と言われる）以来、ハイチの国境がどこにあるのか見えなくなっている。人が自分をハイチ人と感じるなら、そこがハイチなのだ。ハイチにいるからといって必ずしも役に立てるわけではない。ハイチの震災が世界中に巻き起こした慈善の心を前にして明らかになったことがそれだ。ものごとは、場所によってだけ規定されているわけではない。それに、ハイチにたまたま居合わせても、その飛躍に水を差す人になることさえある。フランソワ・デュヴァリエは一度も国を出たことがなかったと言ってもいいくらいだが、国の不幸の原因になった。金目当ての誘拐犯も国を出たことはない。近年になっても、「大食らい」と名指される人々、つまり国家の金庫を空にしたり、数多くの官職を兼ねたりしている人々にしてもそうである。一・一二に生まれた新たなナショナリズムをもってしても、ハイチを出たことのない人々による汚職をことごとく消し去ることはできない。ハイチの国外に暮らしている人々が抱く、自分の目で確かめてみたいという気持はわからないでもない。自分の手でハイチの大きな身体に触れてみたいのだろう。しかし、人が集まりすぎても、病人の息を詰まらせることになりかねないのである。もちろん、あなたが、現地ですぐに役に立つような職業をもっているというなら別だが。それに、これまで何度も見てきた喜劇だが、ややもすると一人だけが働いていて、残りの人々は周りで騒いでいるだけなのである。カメラがこれほど身近に意識されたことはない。ポルトープランスが巨大なテレビ・ステージになってしまったからだ。穿った見方かもしれないが、今回ハイチに溢れるほど集まった人々（誰もが有名になった負傷者の病床のそばにいたがるのだが）の多くは、それが組織にしろ、個人にしろ、自分たちを宣伝することしか考えていない。心から誠実な思いを抱いている組織や個人も少なくないだろう。毒麦からよい種を選り分けなければならないのだろうか。そういう作業をしている時間はない。カメラが去ってしまえば、あっというまに選別が済んでしまうはずだ。後ろから押さないでくださいとでも言おうか。ボランティア活動をしたいのであれば、必ずその道が開かれるのである。私の知っている人の中に地震直後にモントリオールを出発しポルトープランスに入った人がいる。いても立ってもいられない気持だけで行動したのである。今日、彼は国際援助に頼って生活している人々の群れの中にいる。この国が必要なのは涙ではなく、エネルギーである。

近所の市場

妹がスーパーマーケットで凍りついた野菜を買って持って来たのには驚いた。近所の市場に行けば、新鮮でもっと質がよい野菜をもっと安く買えるのである。妹は細菌を気にしすぎるのである。近所の小さな市場には細菌がうようよしていて、スーパーマーケットの野菜は蝿や埃から守られていると信じ込んでいる。おまけに、商品が美しく包装されているというのである。しかし、地震が起こってから、そしてまたカリビアン・マーケットが倒壊してからというもの、その種のスーパーマーケットは耐震基準に従って建設されていないので危険だと判明した。それに対して、青空市場に危険はない。最初の一週間ほどは誰もが屋根のある場所を注意深く避けて過ごしていたが、その後は物価が下がるどころか上昇したので、一定の購買力がある人々はみな、より近くのマーケットに戻ってきた。もし近くにスーパーがないのなら、それはあまりお勧めできない所に住んでいるからということになる。われわれにとっては、イーグル・マーケットがそれにあたる。カリビアン・マーケットが消えてから、小さな商店に客が戻ってきた。片隅にある青空市場でさえ、地面に敷かれた麻袋の上に野菜が並べられているにもかかわらず、新来の客を見かけるようになった。行くのは夕方、市場の女たちが商品を片づけ始める直前である。その方が安く買えるからだ。近所の市場では平気で値引きを要求する。スーパーマーケットでは、値札通りの価格で文句もいわず支払うのに。買い物客は強い者に従い、弱い者は踏みつけにする。そうして財布の中身の収支をあわせているのだ。職場の同僚に見つけられないようにして、生肉の上を蠅が我が物顔に飛び回っている青空市場に行くのも大事なことだ（肉はよく茹でるのを忘れないように）。そのための単純なテクニックがある。車の中にいて、欲しい品物にまず目をつける。周囲にあまり人がいなくなった頃、たいていは日没の時刻だが、商人たちが野菜を仕舞い始めた頃に、先程から目を離さなかったその山芋の袋めがけて脱兎のごとく向かうのである。このような旨味のある取り引きに目をつけているのが自分だけだと思ったら大間違い。時には、こんなところで一番出会いたくない人とよりによって鉢合わせをすることがある。そんなときは、山芋の袋を分け合うしかない。これは、妹が私に話してくれた経験だが、それ以来、その女性と妹は一緒に市場で買い物をするようになったそうである。

議論

この状態（黙示録を思わせる光景のことだが）をいつまでもそのままにしておくわけにはいかない。人々がそれを生活の中に取り込んでしまって、もう驚かなくなる恐れがある。損傷した家にしても、もう揺れが来ないと安心できるようになると、被害を免れた部分に暮らそうとする人も出てくるかもしれない。草木がそこここに生えてくるだろう。そうすれば、暮らしも一度中断された場所に戻ってそこからやり直されることになるだろう。人々がかつて経験したこともない不幸を乗り切るのを助けてくれた力が、今度はなんであろうと受け入れてしまわせる方向に働くかもしれない。困難な時に真似のできない能力を発揮する人が、ともすると普段は不器用な人であることが観察された。日常生活を組織するにあたっては、その手綱をしっかり握れる人にまかせるべきではないだろうか。そうでなければ、イデオロギーによる言葉に埋没してしまいかねない。タラハシー(55)で会った別の男がポルトープランスにいたかった理由は、言ってみれば歴史的なそれだった。彼によれば、その瞬間、確実に何かが起こったのだ。歴史の息吹といおうか。ところが、彼はそこにいなかった。これだけ重大な事件は、彼の個人的神話世界においては、一八〇四年一月一日以外になかった。それは創設の時であり、そこから新しいハイチの言葉が作りだされるにちがいなかった。この点については、今後何年にもわたって、あらゆる面から論議されることだろう。そして、政治家にしろ、知識人にしろ、煽動家にしろ、自分の言葉の中にさりげなく「私はそこにいた」を紛れ込ませるのだろう。しかし、その場にいたからといって、それだけよき市民になるわけではない。外国暮らしの長い男が、たまたま偶然ポルトープランスに居合わせたので「ディアスポラ」という嫌な形容から免れて、たちまちにして高貴な存在になる。男は、「私はそこにいた」の人間になる。それに対して、長年ハイチに暮らしてきた人がその日国外にいると、国民としての輝きをなにがしか失うのである。

(55) 米国フロリダ州の州都。

それどころか、短期滞在の外国人で、からくも死を免れた人にさえ水をあけられるかもしれない。今日、われわれのアイデンティティを決めるのは出生よりも死なのだ。

私はそこにいた

地震のときにハイチにいなかったことを悔しがって、そこにいたと触れ回る、ニューヨーク暮らしの男を知っている。彼は追い詰められて結局、フロリダにいたと白状せざるをえなかった。奇妙にも、彼は、自国に死が舞っていた時に、そこに居合わせなかったことを恥じているのである。その度が過ぎて、自分が瓦礫の下にいたと錯覚するほどだった。亡くなった人々は生きたいと切望していたのだと言ってやらなくてはならないのだろうか。死者たちは、彼を道連れにしたいとは願っていなかった。むしろ生きていてもらいたいと思ったことだろう。死んだからといって、ハイチ人になるわけではない。

タイヤ

「近所の自動車修理工」（「近所」というのは「貧しい」という意味だが）が義理の弟の車の修理に朝の六時半頃に来た。いつものことだ。弟は多くのポルトープランスっ子と同じで、自分の修理工と情熱的なつきあいをしている。二人は少なくとも週に二回は顔を突きあわせている。危機的な状況にあるときは、日に二、三度会う。私の友人には、修理工に車を預けていて、必要なときにだけ取りにいく者さえいる。一種の支払い方法なのだ。義理の弟はそこまでではない。二人を結びつけている絆はタイヤだ。よいタイヤとは（読者諸賢の基準とは一致しないが）、一週間以上もつタイヤのことである。駄目なタイヤは一日ともたない。震災以前は、修理工（背が高くて痩せた男だ）は毎朝、タイヤの検査に立ち寄っていた。実際家である妹は一度ならずポケットマネーでタイヤ（たいてい前輪右のタイヤ）を一本買ってあげると言ったが、毎朝修理工とすれ違うのにうんざりしているのである。しかし、弟のこの儀式への執着は、夕刊『ル・ヌーヴェリスト』や朝のコーヒーにも劣らないもので、妹の申し出を受け付けなかった。朝、回廊《ギャルリー》に座るたびに私は同じシーンを見なければならない。門の柵を叩く者がいる。弟が開けに行く。修理工が中に入ってくる。二人は世間がどのくらい緊迫しているかについて、少しコメントを交わす。他の言い方をすれば、ようするに弟は昨夜下町で銃撃があったかどうか知りたいのだ。それから本題に入る。四つの車輪の空気圧を厳密に計測する。それから修理工は各タイヤを念入りに調べて、前輪右のタイヤに来ると首を傾げる。見通しを立てているのだ。今日一日もつだろうか。駄目だろうという回答もしばしばだ。だが、希望が人を生かしてくれる。弟はタイヤの交換を指示して、台所に戻り二杯目のコーヒーを飲む。今朝は、いつもよりも長くかかる。修理工はここの家族が無事息災で、家も住めないことはないのを見て嬉しそうな顔をしている。壁は落ちたが、修理工は彼の兄が今日にでも来て壁を直せるだろうと考えている。義理の弟は悪くない話だと思うが、商談が成立する直前に、家の奥から大声が聞こえてくる。抗議の叫びを上げているのは妹だ。毎朝どころか、一日中、修理工とその兄の左官屋にうろつかれるのはまっぴらなのだ。修理工は大笑いする。弟もにやりとする。そこで商談はこの次にしようということになる。修理工にとって、一・一二はそんなに悲観したものではなかった。彼の家族は地震から無傷で生き延びたが、家は木っ端みじんになった。でも死者は一人もいない。物が壊れるのは大したことありませんよ、と修理工はこころなしか微笑みながら言った。大事なことは生きていることですよ。そうでしょう、お母様、と彼は母に向かって言う。「ハレルヤ！」と嬉しそうに声を上げる母。修理工にコーヒーが間違いなく出されるのは、何と言っても彼が母の目によきキリスト教徒として映るからだ。社会階級は母にとって存在しないも同然だ。信仰の質で人を判断するのである。母はまたもや、修理工の信心が堅固であるように祈っている（両手を合わせ、顔を空にむけて）。なぜなら、偉大な建築家であるイエスは、信心深い家族を逆境の中に救いの手も差しのべずに放っておくはずがないからだ。修理工はおしゃべりを続けながら仕事のピッチを速めている。というのも弟は学校に行かなければならない。パコ地域のたいていの建物と同様、学校が倒れていてもそれは問題ではない。タイヤが外され、新しいのと交換される。妹が私の傍を通り、腕に触れる。新しいタイヤが「客」だと私に合図しているのだ。「客」というのは、同じ車に何度も使われ、寿命が来ているタイヤを言い表すためにわれわれが使っている暗号の言葉なのだ。妹にはすぐに分かるのである。

それとないパニック

母は、化膿した足が良くなり、次第に元気をとり戻しつつある。脈拍も以前ほど速くない。食欲も戻ってきた。私を不安にさせた沈んだ様子が見られなくなった。前回、母の部屋を訪れたときはもう長くはないようなことを言っていた。はっきりとではない。それは彼女のやり方ではない。もうあまり長くは私を待っていられないと呟いたのだ。母は私の帰国を待って一生を過ごしたようなものだ。うつむき加減に話をしながら、ときどき私を見てあの微笑を浮かべるのだが、遠慮がちなので、よく注意していないと見逃してしまう。今回は、次の日曜日に教会に戻れるか考えているようだ。身体障害の人に会いたいのよ、と妹が私に言ってくれた。母を心から頼りにしているただ一人の人ということだ。母は体が弱く病気だが、その男よりは恵まれていると感じている。男は、いつも教会の前で居眠りをしていて、施しをする人がいても見向きもしないそうだ。ところが、母を見ると、駆け寄るようにして、車椅子から立ち上がろうとする素振りさえ見せるという。激しいダンスを思わせるので（唾を飛ばし、手足をバラバラに動かす）、怖がる教会の信者もいるほどだが、そのいかにも嬉しそうな顔をみると母は嬉しそうにするのだそうだ。母が絆を必要としているのは間違いない。彼女自身が他人を頼りにするしかない状況に落ち込みつつあるのだから無理もないのである。この前例のない状況に健気に耐えているとはいえ、彼女の目の奥底にはそれとなくパニックが宿っているのを見てしまわざるをえない。

狂気

精神的病の問題は通常の病気のようには話題にのぼらない。いずれにしても今日では、病気というよりは打ち所の悪い運命の一撃と見なされがちだ。貧困国で狂人が排斥されないのを見るのは、心慰められる。狂人であることは一つの権利で、狂人としての社会的役割を果たしている。それに対して、特別な看病を受けている高度に恵まれた国では、狂人は区別される。いかなる社会的役割もあたえられていない。狂気であることは恥ずかしいことなのだ。人は狂人を隠す。社会的交流から目に見えないところに移される。それもたいていすばやくなされる。他人と同じようにふるまえると判断されないかぎり、彼は二度と人目に触れることはない。ハイチでは、人の悩み事があからさまに馬鹿にされる。ところがこのショック療法が狂人によい効果をおよぼすことがあるのだ。皆についていけない者は道路脇に捨てられ、積み上げられるのだ。それから群衆は前進を続ける。近頃は「トラウマ」という言葉が外国から来た専門家たちの口から発せられるが、地震を体験した人たちを対象にして用いられているのである。たしかに、このような状況では注意深い看護が必要だろうが、人々はそのような治療を受け入れるだろうか。住民からも患者自身からも否定されている病気について治療を試みるのは簡単なことではない。当地でなんとかしなければならないものとして認められるのは、激痛か、三日以上収まらない痛みだけである。

笑いと死

だから、品のない言葉を用い、猥雑な調子で語らなくてはならない。田舎でのお通夜では今でもそうするのである。バロン・サムディ(56)のなんとも性的なダンスによって死者の祭りの舞踏会は開かれる。その雰囲気をさらに高めるのが、ゲデたち(ヴォドゥの精霊)による最高度にカーニバル的なシーンである。ゲデたちは酒と酢を浴びるように呑み、ボトルの破片を食い散らす。セックスは死にもっともよく似たエネルギーなのだ。中世には、オルガスムを「小さな死」と呼んだものだ。それはサロンやお化粧した人たち向きの話題ではない。詩人たちも死についてはあまりよく言っていない。ヴィヨンだけは、絞首刑にされた者たち、苦痛に身をよじらせ、道路に沿って晒し者にされ雨風に打たれる死者への憐憫の念を乞うたのだから別である。人間は死を飼い馴らすことだけはどうしてもできない。それは種族的で、些末で、腹に響く。死こそが生の起源である。その逆ではない。

新しい都市

誰でもどんなタイプの都市に住んでみたいのか考える権利がある。そして、できることなら、新都市計画の策定に参加できるようにするべきだろう。それはそれとして、人は何にでも才能があるわけではないことも認めなくてはならない。そしてとりわけ、自分がそこに一人でいるわけではないことを理解しなくてはならない。八百万人の各々が同じ権利

(56) 死を司る、放蕩、好色なゲデ。ゲデはロワ（精霊）の一種で、死と関わりのあるもの全てを司る。バロン・サムディはゲデの一種。黒いコート、黒い山高帽、黒いズボンを着ている。

をもっている。この作業現場は、数世代の、そしてあらゆる階層の男女のエネルギーを吸い取ってしまいかねない。見失ってはならないことは、新しい都市に本格的に住む住民はまだ生まれていないことである。彼らは、震災以前の都市については昔の写真によってしか知ることができない。三〇年後、四〇年後には、事情が著しく変わってしまっているだろう。一つの都市を建設することは、橋や高層建築を建設することに比べればはるかに野心的な作業である。単純に技術的な面から見ても、さまざまな専門職団が一堂に会さなければ必要なノウハウがえられない。もっとも重要なものは精神だ。世界に目をむけた精神であって、自閉的な精神ではない。あの島国根性をまず捨てなくてはならない。不毛な自己満足の中にわれわれがぬくぬくと留まることを許すような精神ではない。新しい都市は新しい生活に入るように促すものでなければならない。それには時間がかかるだろう。その時間があたえられないでいる。

再会の友

私は高等中学校に通うために、ポルトープランスに引っ越して来たところだった。子ども時代は地方の小都市で祖母に目をかけられて過ごした。ポルトープランスは大都市で、知っている人といったら母と妹と叔母たちだけだった。家族全員同じ家で暮らした。ブゾン通りに面した、墓地の近くの家だった。サッカーのナショナルカップが争われるシルヴィオ・カトールスタジアムからあまり遠くなく、サロモン市場とモンパルナス映画館、サンタレクサンドル広場からも離れていなかった。サンタレクサンドル広場はずっと後になって、高名なアナーキスト詩人カルル・ブルアールの名を冠した広場になる。にぎやかな街で、私は惹きつけられたが、怖くもあった。私が帰宅すると、家の雰囲気が変化した。母と母の姉妹たちはどちらかといえば静かで控え目の女性たちである（レイモンド叔母さんだけはお涙頂戴のドラマを思わせるところがあった）。私の妹は従順な娘で、日中を家で過ごし、母の家事を手伝っていた。母は、私たちが付き合ってもいい人を注意深く限定していた。交際を認められた数少ない家族の中にプレプティ家がある。父のプレプティは退職士官だったが、パパ・ドックによって居住制限を受けていた。そのため、長年自宅謹慎を強いられていた。通りを歩いている彼に出会うのは、夜遅くに限られていた。母親は控え目で繊細な女性だった。よく沈んだ顔をしていた。初めの頃は二人がどこにでも招かれる、派手で社交的なカップルだったことが感じられた（若い士官と妻の絵がサロンに飾られていたが、なに一つ不自由のない幸福が窺われた）。そして不意に二人の周辺にぽっかりと空虚な空間ができた。私には全てが謎めいて見えた。それが政治的な失脚だったことを理解したのはずっと後になってからだった。家の中が暗くならなかったのは、プレプティ家の五人の子どもたちのエネルギーのおかげだった。私の友のクロード（一番年上の息子）は生真面目な男の子で、遊びのときでも変わらなかった。しかし、ときに彼が笑うのを見ると、幸せな子どもであるのが見て取れた。深刻そうな表情を見せることがあるのは早熟すぎる責任感のせいにちがいなかった。私はどちらかといえばぼんやりした子どもだった。土曜の朝はピンポンをして遊んだ。彼の父が粗末なピンポン台をつくってくれたのだ。夏になると、近くの広い空き地でバトミントンの競技会を催した。ハイチでは珍しい、こうしたスポーツへの嗜好は、父親が陸軍学校でスポーツをしていたことから来ていた。友達付き合いが途切れたのは、私が引っ越ししたためだった。私が転校すると、互いの消息が途絶えた。数年後、私はハイチを離れた。クロードは残った。私はモントリオールで、クロードが有能な技師になったと聞いていた——この職業は彼にふさわしかった。そしてごく最近のこと、私がポルトープランスで開催された、ある文学フェスティヴァル（リーヴル・アンフォリー(57)）に参加している時のことだった。クロードが私のテーブルにやって来たのだ。私は数カ月来、彼のことが度々話題になるのを聞いていた。何年も前から、ハイチに強い地震がくると警告する技師がいたのだが、それが彼だった。プレプティは、ポルトープランスが一番ひどくやられるだろうとも言っていた。彼の熱意のある態度、その真剣な口調に人々は耳を傾けざるをえなかった。彼の言辞は、洪水、ハリケーン、独裁政権と不幸に事欠かない国においては恐怖心を煽った。しかし、ハイチでは人が一時的に恐怖感を抱いても、次の瞬間にはダンスを始めることがしばしばである。幾度も試練を受けた者たちのこのテクニックが、集団的なノイローゼに落ち込むのを防いできた。多様で移り気であることが求められる社会なのだ。暗い考えに一人で落ち込んでいくことは勧められない。プレプティは頑固だった。人々は極端すぎると考えるようになった。精神状態がおかしいのではないかとささやかれるようにもなった。よくマスコミに招かれたが、彼の受け答えはいつでも決まっていた。

彼とジャーナリストとの間の短い対話（想像上の対話だが、様々な情報源から得られた

(57) Livre en folie. 毎年六月にハイチで開催されるブックフェア。日刊紙『ル・ヌーヴェリスト』とユニバンクが主催している。

データを基にしている）。
問―いつですか？
答―地震はいつ来てもおかしくありません。
問―もう少し詳しくご説明願えますか。
答―今すぐかもしれないし、あるいは一〇年後かもしれない。
問―今ですか？
答―ええ、今こうして話している最中に。
問―どのくらい危険なのでしょう。
答―予測は難しいですね。ただ、あらゆる兆候からして、最大限の危険を覚悟しなければなりません。
問―数千人の死者ですか。
答―そうかもしれません。あるいはそれ以上かもしれません。
彼の落ち着いた態度でも人を納得させることはできなかった。人々は、物静かにカタストロフィーを予告する男に魅せられているようだった。通りがかりによく彼に質問を浴びせる人がいた。どうして出て行かないんですか、何かが起こるのがそんなに間違いないなら。自分の街を捨てるような男ではないのだ。私は、ブゾン通りの友をそこに見る思いがする。軍人の息子なのだ。船を見捨てることはしない。私は顔を上げて、彼を迎え入れる。微笑みを交わす。彼は是非とも私に再会したいと思っていた。無言。それで、どうだったんだい？　彼はそれが来たとき、自宅の中庭にいた。すぐに最低マグニチュード七はあると思った。一〇年来彼が予告していたものが来たのだ。その時の君の気持はどんな感じだったんだい。正直言ってね、心底ほっとしたよ。僕の頭がおかしくないことが証明されたのだもの。私は彼の眼差しの内に錯乱の閃光のようなものがよぎるのを見た。彼はあらゆる努力をして、人々に警告を発したのだ。だが聞いてもらえなかった。逆に、物笑いの種にされたのだ。いまや彼の助言を求める声が引きもきらない。しかし、手遅れなのだ。私のテーブルの前に並んでいる列の人々がしびれを切らせはじめた。彼は握手の手を差しのべ、寂しそうに微笑んだ。それは母の微笑みを思わせた。それから彼は人込みの中に消えていった。

秘密の儀式

外国人たちがハイチへの道を再びたどるようになったが、ヴォドゥの魅惑に溺れる者が再び出てくることだろう。ボランティア（人道活動に転身した宗教人たちが珍しくない）や知識人たちは古い植民地の鍋の中でいいように料理されることだろう。無内容な儀式に参加して貴重な時間を失うよりは、ハイチの人々の世界観をしっかりと勉強して彼らを理解しようとする方がましである。「秘密の儀式に立ち会いました」などと言う者がいたら笑止千万だ。もし本当に秘密の儀式なら、余所者が立ち会えるはずがないのだから。お金のためだろう？　その質問には儀式に立ち会った人が答えてくれるだろう。「そんなことありませんよ。お金は払いませんでした」。だから真正の儀式だったと結論づけるのだろうが、実は自分でも気がつかないで支払っている（過去の善行への返礼として、感謝を表わすために催される儀式）のか、それとも将来支払うことになるのかのいずれかである。まだ知れ渡っていない数多くの規則があるのが、あの、偽の神秘に満ちた世界なのだから。そこにあなたがいるということは、儀式が秘密ではないということである。よく言うように、他の者が知っていたら、もうそれは秘密ではないのだ。

古き知

苦しみをなんとも言えないほど優雅な態度で内に秘めている人々がいるが、彼らこそは人生へのある感覚を備えている。それが知られていないのは残念といえば残念である。彼らはあまりに晴れやかな顔をしているので、苦しみや空腹、あるいは死について何事かを知っているのだろうと思わざるをえない。しかも、強い喜びが彼らに棲みついている。喜びと痛み、それを彼らは歌やダンスに変容させる。そのような知から何が生み出されるのだろうか。まさにそのような知が朝日のように顔を覗かせているのが見出されるのである。たとえば、素朴派の画家の色鮮やかな絵の中であり、あるいは、溢れんばかりの喜びに厳粛に響くことがある、あの引きずるような音楽の中である。注意深く耳を傾けると、われわれの体をぞくぞくさせる歌の言葉が悲痛きわまりない内容であることを知って驚く。この国の秘密の全てがそこにある。安物のヴォドゥの中にではない。そんなものは、せいぜいのところ旅行客や、国を離れて長いハイチ人向けにあるにすぎない。

お金のエネルギー

お金がもたらすエネルギーはよく知られている。それは攻撃的な力で、なんの躊躇もなく通り道にあるものをなんでも弾き飛ばしてしまう。あなたを援助してくれる人はあなたを裁く権力をも手に入れたと思い込むことさえある。最低限、彼の話を聴いてあげなくてはならない。その論理は単純だ。あなたの知恵は破綻したのだ。口答えをしようなどと思わない方がいい。なぜなら真実だからだ。援助するのは彼であって、その逆ではない。そうして、彼はあなたの鼻先に彼の文化を突きつける。いかにもわざとらしく謙遜した態度で言われるのだが、最悪の虚栄心がそこにある。そしてまた、状況が分かっていないのは相手の方だと思い込む思い上がりが。彼はあなたの芝居に応えてあげていると思っている。民衆文化についての簡単な講義を援助活動に来た者たちにしなくてはならないところだろう。あなたの話を遮らないで聴いているとしたら、それは話に興味があるからではない。しばらく前から話が終わるのを待っている。真面目な話をするためである。つまり金の話を。あなたは持っているのですか。で、いくら持っているのです。できれば高額紙幣は避けてほしい。援助を行っているのは、これらの人々のためであって、それ以外のことは考えていないと、企業の役員や、援助団体の指導者がカメラに向かって平然と言うのを聞くことがある。それならどうして、跪いて感謝の気持を表わさなかったりすると、怒りだすのだろうか。問題は、第三世界の人々が、時を経るとともに、生活保護を受ける者のメンタリティーをすっかり身につけてしまったことである。彼らが国際援助システムの仕組みを熟知しているのがひしひしと伝わってくるのである。彼らは細心の注意を払って研究している。それ以外に、他にやることがない者もいる。彼らは、個人が支払う金額がその国の税務署から免税されることを知っている。第三世界の狡賢い者は、感謝の念が無駄にしてはいけない交換通貨であることをすぐに会得する。ユダヤ・キリスト教的価値観において、慈善は上位の徳なのだ。それは厳しいゲームであって、慣れない者はすぐにしてやられるのである。その好例として、いつも微笑を湛えている尼僧が挙げられるだろう。彼女たちは長年ハイチの農村地帯で活動をしている。彼女らにかかったら、その道一筋のマルクス主義者であろうと、引退したマフィアであろうと、やすやすと手玉にとられてしまう。尼僧たちは長年ノウハウを積み上げてきている。慈善活動を効果のある活動にするには、そこから学ぶべきものが多いのである。

貧者の献金

モントリオールのサントカトリーヌ通り。婦人は私の腕を取って、微笑んだ。

「テレビに映っているのを見て、すぐにあなたを思ったわ」

彼女は私をまっすぐ見つめている。小柄で痩せている。六十歳くらいか……。

「キスしてもよろしい？」

彼女は私を腕の中に抱き寄せる。

「ハイチのために一生懸命お祈りしたの。いまもお祈りしているわ。あんなひどいことになってしまって。災害があったら一番困る国なのに」

彼女は私の手をとり、じっとこちらを見つめる。優しさがそこから立ち昇っている。

「ハイチにお金を送ってなんかいないわよ。だってなにもないんですもの。でもハイチの人たちのために一生懸命祈ってあげたわ。誇り高くて、身ぎれいな人たちなのに、あんな仕打ちにあうなんて。……いったい皆さんどうしているのかしら」

「できるだけ長生きしようとなんとかしていますよ」

「そりゃあそうよね。差し上げるものはなにもないの。さっきも言ったけど。……あげられるのは気持だけ」

「奥さま、お気持だけでほんとうにありがたいです。奥さまの贈り物はちゃんと届きますよ。わたしが預かりましたから」

彼女が私を再び抱き寄せる。

モルヌ・カルヴェール(58)

家に料理のお手伝いに来る女性は、モルヌ・カルヴェールに住んでいる。仕事が終わって帰宅する段になると、彼女はわれわれが住んでいるデルマ三一番通りを二〇分は歩いて抜け出てから、高速道路でタップタップ乗合タクシーに乗ってペチヨンヴィルのサンピエール広場まで行く。そこから残りの道を歩いていく。今日のように雨が降るときは妹が家の前まで車で送る。一人残って雨が降るのを愚かに眺めていても仕方がないので、私は

(58)「モルヌ」は「丘」「山」のこと。「カルヴェール」は「ゴルゴタの丘」「受難」の意味がある。

一緒についていくことにする。街に雨が降りしきる。風もはげしい。途中ですれ違う物売りの女たちはびっしょり濡れている。坂道を目をほとんどつむって登っている。顔に雨が機関銃のように吹きつけるのだ。モルヌ・カルヴェールに着く。ここまで登ってきたのは初めてだ。なぜかあまり居心地がよくない。空白の場所に入るとこんな変な気持になるらしい。私の頭の中では、この辺りは野菜を売る女たちと結びついている。女たちのまるまるとした玉葱や、柔らかい人参はよき土の匂いがする。ところが実際は、ハイチの最も富裕な区域なのだ――いや、私が間違っていて、更にもっと富裕な地区があるのかもしれないが。ともかくこんな豪壮な屋敷がいくつも建っているのは見たことがない。鬱蒼とした針葉樹が周囲を囲み、門の両側にも樹木が忠実な衛兵のように佇んでいる。穏やかな雰囲気があたりを支配していて、心が無限に休まる。レマン湖の畔にいるのではないかと錯覚するほどだ。私は嫉妬心を抱いているわけではない。他人の富などどうでもいいのだ。なんでも階級闘争に結びつけるつもりはないが、ここに来てみると唖然としてしまう。おまけに家のお手伝いさんがこの豪奢な区域からそう遠くないところに住んでいるときている。彼女は毎日ここを通りすぎて、デルマ通りの真ん中まで仕事のために降りてくるのだ。だが、ため息一つ洩らすでもない。彼女にとっては、車の屋根を叩きつけている雨の音と同様、当たり前のことなのだ。しかも、これらの屋敷のほとんどは誰も住んでいない。家主たちは一年の内のある時期はイタリアで過ごし、他の時期はイギリスか他の国で過ごす。彼らの生活スタイルを非難するつもりはない（私も旅行はよくする）が、樹木から落ちて腐る果実や誰もいない部屋の数々を放置しておいていいのだろうか。この街の大部分の住民は明日をも知れぬような生活をしているのである。車が再び坂を降りていき、サンピエール広場にあるキャンプの前を通る。ここで暮らしている人々はほとんど毎晩のようにテント内に雨水が入ってくるのに耐えている。風でテントが吹き飛ばされることもしばしばだ。そこを毎朝モルヌ・カルヴェールの高級車が通って学校に子どもを送っていくのである。子どもたちが親に向かってキャンプの子どもたちがどんな生活をしているのか尋ねることはないのだろうかと思ってしまう。服をきちんと着て蟻塚から這い出てくる子どもたちが見えるはずだからである。それとも、誰の目にも明らかなことが目に映らなくなるのだろうか。子どもたちはすぐに状況を理解するにちがいない。若くして家を出て行く若者がいるのも無理はない。麻薬をたしなんでも、心の痛みがすべて収まるわけでもないが。

集団生活

どこにでも並んでいるテントの下で一体なにが起こっているのだろう。私的な生活の領域はどのように守られているのだろうか。高いびきする人は夜中にみんなを起こさないように昼間に眠るのだろうか。人は二重の不幸の中で生活している。個人のレベルでの不幸（友人や親を失っている）と集団レベルでの不幸（一都市が失われた）。一人の時間をなかなか持てないときに、どのようにして死んだ人のために涙が流せるのだろうか。星空の夜は純真な愛を惹き寄せるのではないかとたやすく想像できる。どこで愛をかわすのだろうか。茂みの中で、人に聞かれるのもかまわず喜悦の声をあげるのだろうか。キャンプの中には、誰もいないテントが張ってあって、入り口に「ささやかな時のために《ル・プチモマン》」と書いてあるところもあると教えてくれた人がいる。これなら、目立たないようによき時を過ごせるだろう。恐怖であろうと、痛みであろうと、窮乏であろうと、欲望の芽生えを妨げはしないことは誰でも知っている。わずかなことで十分なのだ。うなじでもいい。じっと見つめてくる眼差しでもいい。それだけで周囲の光景が変わってしまう。居心地の悪い状況でも気を紛らわせてくれる唯一のものが、そこにある。食料はどのようにして新たな隣人たちと分け合うのだろうか。家柄間のヒエラルキーはテントの下でもなくならないのだろうか。集団で暮らすには常に気配りが要求される。でなければ、軋轢を生んでしまう。この点では貧窮にある人々は大いに先んじている。彼らは常々お互いに触れ合う距離にいることに慣れていて、ぶつかってもそんなに気にとめない。それに対して、他の人々は下の階級だと見下す人たちと触れ合うことに強い嫌悪を覚える。いまだかつてなかった状況が一定期間以上つづくならば、人々の生活に著しい変化が起こってもおかしくないだろう。

テントの下の読書

大人にとって、それは性欲である。子どもにとっては、それは読書だろう。子どもが『三銃士』に夢中になれば、もはやテントの下にいないのも同然だ。デュマの世界に生きているのだから。波瀾万丈の人生。馬を疾駆させる。疲労困憊したら、旅籠の前に馬をつけ、不機嫌な妻と寝ていた主人を起こして世話をさせる。たらふく食べて、馬にも飼い葉をあたえ、厩に入れるように言いつける。いつでも安逸な時間を過ごすわけではない。突然、覆面をした騎士たちに取り囲まれる。ダルタニャンが剣を抜いた丁度その時、甲高い声が聞こえる。ミレディー[59]の声にしては、聞き覚えのある声だ。読書の少年の母親が夕食だと呼んでいるのだ。母親は腕に本を抱えた息子が席につくのを見て微笑む。

放蕩息子

全てが起こったホテル・カリブに戻る。この場所をもう一度見るのは奇妙な気分だ。過去に片足を突っ込み（何かが共鳴している）、他方の足を現在に置いている感覚。体が軽く揺すられる。正面玄関は避けて通る。衝撃が強すぎないかと憚られた。むしろ、脇の入口。まさにそこで私は、丁度着いたばかりのサンテロワと出会ったのだ。一月十二日一五時三〇分頃だった。会議が催されるレセプション会場はそれほど損傷を受けていなかった。中庭を横切る。ホテルの裏の入り口は修復されていた。テニスコートに降りてみると、人影が見えた。プールが、以前と同じように静まりかえっている。庭を通り抜ける。あの、地震にびくともしなかった小さな花たち。レストランでは、ホテルの経営者と出会い抱擁しあった。私は彼があの困難な日々に冷静さを失わなかったこと、自宅で寝泊まりしてもよかったのに宿泊客のもとに留まったことを褒め称えた。彼は近寄って私の耳元に囁いた。「今回の悲劇は私を打ちのめすどころか、よりうまく切り抜けるために必要なエネルギーを授かりました」。その時、地震の直前に私の注文を聞きに来た給仕が現われた。かなり丸みを帯びた男で、いまも人懐っこい微笑を浮かべている。一番深刻な危機のときでさえ、彼の顔からあの微笑が消えたことはなかった。私は伊勢海老を注文したことや、地震が起こる直前に彼が注文を伝えるために中に入って行ったことを話した。彼はなにもかも心得ているように微笑み返して、調理室へと去った。私が清掃係の女性と話していると、彼が伊勢海老を捧げて戻ってきた。私を驚かせようと、塀の中に入ってくる私を見るや否や注文を出したのである。皆が歓声をあげた。私は心を打たれた。一月十二日、地震の時に私が座った席について、私は心ゆくまで伊勢海老を賞味した。

(59) アレクサンドル・デュマ（1802-70）作『三銃士』の登場人物ミレディー・ド・ウィンターのこと。リシュリュー卿の下で悪事を画策する、謎めいた美貌の女性。

世界の優しさ

どこに行っても、私に声をかける人は声を低める。会話は沈黙しがちになる。うつむくようにして私の手に触れる。いうまでもなく、私を通してあの傷ついた島に向かって声をかけているのだ。しかし、島は孤独感を薄めている。人々は私に島の様子を尋ねる。彼らは、自分たちの方が私よりも起こったことに通じていることをすぐに察知する。私が、あの中毒症状を引き起こす噂から距離をおくように努めているのは、私の内に今も燃え盛っているイメージを大事にするためである。地震のあった夜、明日学校があるかどうか不安で仕方がなかった、あの女の子。あるいは、一月十三日の朝、地面に座り込み、壁に背をもたせて、売り物のマンゴーを一山並べていた女性。人々が私に話しかけるとき、その目を見ると、死者にむかって話しかけているのが分かる。ところが、私は、生きているのなら小さな蠅にだって愛着を覚えるのだ。とはいえ、私の心を真に打ったのは、人々が自らの感動に感動していることであり、それをできるだけ長く保とうとしていることである。一つの不幸が来れば、前の不幸が押しやられるとよく人は言う。そしてジャーナリストたちはいたずらに他所に駆けていく。しかし、ハイチはなおも長く世界の心を捉えるだろう。

ハイチ略年表

一六二五　フランス人、イスパニョーラ島（今日のハイチ共和国がある島）に進出。イスパニョーラ島の植民地をフランス人はサンドマングと呼ぶようになる。
一六八五　フランス、黒人法典制定。
一六九七　ライスワイク条約により、イスパニョーラ島の西三分の一がスペインからフランスへ正式に譲渡される。
一七八九　フランス国民議会、「人権宣言」採択。
一七九〇　ムラートのヴァンサン・オジェによる叛乱と処刑。
一七九一　八月十四日、カイマン森の誓い（黒人奴隷たちが集団的蜂起を秘密裏に誓う）。八月二十二日、ブックマンが率いる奴隷叛乱勃発。ブックマンはまもなく処刑されるが、反乱は終結せず、黒人のトゥサン・ルーヴェルチュール、デサリーヌ、アンリ・クリストフ、ムラートのリゴーらの指導者が出てきて長期間の内戦が続いたあと、一八〇四年のハイチ独立に至る。
一七九四　二月四日、フランス国民公会による奴隷解放宣言。
五月、黒人指導者トゥサン・ルーヴェルチュール、スペイン軍を去り、フランス軍に加わる。
一七九七　トゥサン・ルーヴェルチュールが総督兼司令官に任命される。実質的な自治開始。
一八〇一　トゥサン・ルーヴェルチュール、サンドマング憲法を制定、終身総督に就任。

一八〇二　一月、ナポレオンがルクレールを指揮官にして遠征軍を派遣、サンドマングの奪回を図る。
五月、トゥサン・ルーヴェルチュール、条件付で降伏するが、まもなく、奸計により捕縛される。フランス、ジュラ山中に幽閉され、翌年死亡。
ナポレオンが奴隷制を復活したため、デサリーヌ、クリストフらの黒人たち、およびアレクサンドル・ペチヨンらのムラートによる再武装蜂起。

一八〇三　十一月の決定的な軍事的勝利の後、十二月三十一日にゴナイーブ会議により、独立宣言案が採択される。

一八〇四　一月一日、独立宣言。デサリーヌ、国名をハイチとする。十月、デサリーヌ、皇帝に即位。

一八〇六　デサリーヌ、その政策がムラートの不興を買い暗殺される。

一八一一　アンリ・クリストフ、王位につき、アンリ一世と名のる。
ハイチ、北部と南部に分裂し、南部では、ムラートのアレクサンドル・ペチヨンが大統領に就任。

一八一七　山の頂上に建築された大要塞シタデル・ラフェリエール完成。

一八二〇　クリストフ、病に倒れ、自殺。

一八二二　南部でジャン＝ピエール・ボワイエが大統領に就任。まもなく、北部を併合、ハイチを再統一。

一八二五　フランス王シャルル十世の王令によるハイチ承認（賠償金、総計一億五〇〇〇万フラン）。その後、ハイチは、長年にわたって賠償金の支払いに苦しむ。

一八五〇　南部の港ジャクメルとイギリス・サウザンプトンとの間に定期航路就航。以後、ジャクメルがコーヒー積み出し港として繁栄する。
一九一五　ヴィルブラン・ギヨーム・サム大統領、暗殺される。
政治的混乱に乗じて、アメリカ合衆国の海兵隊が上陸。以後、二九年間の占領。シャルルマーニュ・ペラルトの率いる農民反乱。
一九一九　ペラルト、捕らえられ、処刑される。
一九二九　ジャン＝プライス・マルスの評論集『おじさんはこう語った』。ハイチの知識人たちに大きな反響を与える。それまでのヨーロッパ文明崇拝を捨て、アフリカを起源とする文化的伝統への自覚が語られる。後の、ジャン＝プライス・マルスやジャック・ルーマンによる民族研究所の設立につながる。
一九三〇　ムラート系のステニオ・ヴァンサン、大統領に就任（〜一九四一年）。
一九三四　米国によるハイチ占領終結。
一九四〇　ジャック・ルーマン『朝露の統治者』。現代ハイチ文学の出発点。
一九四一　エリー・レスコー大統領（〜一九四六年）。
一九四五　アンドレ・ブルトン、エメ・セゼールがハイチを訪問、ハイチ知識人に大きな影響を与える。
一九四六　詩人ルネ・ドペストルによる雑誌『ラ・リュシュ』の呼びかけに端を発した学生ストライキ。クーデターによりデュマルセ・エスティメが大統領に就任。
一九五〇　ポール・マグロワールによる軍事政権成立。
一九五七　フランソワ・デュヴァリエ、大統領就任。翌年から、独裁政権に変質。
一九六〇　文学者ジャック＝ステファン・アレクシ、デュヴァリエ政権の打倒を図ってキューバよりハイチに上陸するが、捕らえられ、獄死。

一九七一　ジャン＝クロード・デュヴァリエが父の跡を継いで、大統領に就任。
一九八六　ジャン＝クロード・デュヴァリエ、フランスへ亡命。政府国民会議（CNG）発足。
一九八八　歴史家のレスリー・マニガが大統領に就任するが、短命に終る（文部大臣にフランケチエンヌを任命）。
一九九〇　エルタ・トルイヨ臨時政権。
一九九一　「解放の神学」の司祭ジャン＝ベルトラン・アリスティド、前年十二月の民主的な選挙により大統領に選出される。二月に就任するも、約八カ月後に、セドラ将軍のクーデタのために米国へ亡命。
一九九四　クリントン米大統領のセドラ政権への圧力によって、アリスティド大統領のハイチ復帰実現。
一九九六　大統領の再任が禁じられているため、アリスティド派のルネ＝ガルシア・プレヴァルが選挙により大統領に就任。
二〇〇一　アリスティド、選挙により再び大統領に就任。
二〇〇四　建国二百周年を迎えるも、二月に反政府武装勢力の蜂起により、アリスティド政権崩壊。アリスティドは亡命。まもなく、アレクサンドル最高裁長官が暫定大統領に就任。
二〇〇六　ルネ＝ガルシア・プレヴァル、民主的な選挙により大統領に選出。
二〇一〇　一月十二日、ポルトープランス、大地震により壊滅的打撃を受ける。
二〇一一　混乱と紆余曲折を経て、人気歌手ミシェル・マルテリーが大統領に選出される。五月に就任。

（訳者作成）

訳者あとがき

本書は、Dany Laferrière, *Tout bouge autour de moi*, Paris, Grasset, 2011. の全訳である。

二〇一〇年一月十二日、ハイチ共和国の首都ポルトープランスに壊滅的な被害を与えた大地震は世界的な同情を呼び、日本でも一カ月以上にわたって連日報道されたので、記憶している読者も多いのではないだろうか。震災による死者は三〇万人を超えると言われる。それまでカリブ海のハイチという国は日本の多くの人にとってあまりなじみがなかったが、この地震によってその存在を強く印象づけられたものである。しかし、その年の二月末になると、チリでも大きな地震があり、そしてとりわけ、本年三月十一日に起きた東日本大震災によって、ハイチ地震の強烈な衝撃もいまや薄れてしまった感がないでもない。しかしながら、ハイチの復興はまだこれからであり、決して過去の出来事ではないのである。訳者には、ハイチの地震も東日本大震災もそれぞれの国の根幹を揺るがすような破壊力をもたらしたという点で共通性が隠されているように思えてならない。どちらも二十一世紀という新しい時代を告げるカタストロフィーだと言ってもいいのではないだろうか。こうした見方を裏付けるように、著者のダニー・ラフェリエールも、『カタストロフィーの時代を生きるために』(二〇一〇年)という講演集を出している。ハイチの地震はラフェリエールにとっても、局地的な悲劇ではない。本書でも「ハイチで起こったことは、どこにでも起こりうる」(一一七頁)と述べている通りである。

本書は、そうした著者の新しい時代への眼差しによって精妙に構成された、きわめて質の高い作品である。決して作家の余技としての軽いエッセーでもなければ、センセーショナルな効果を狙ったルポルタージュでもない。

ダニー・ラフェリエールはポルトープランスに一九五三年に生まれた。一九七六年に名高いデュヴァリエ独裁政権の圧力下で政治亡命を余儀なくされ、以後、主にカナダのモントリオールに在住している。一九八五年に発表した『ニグロと疲れないでセックスをする方法』で話題をふりまき、フランス語圏文学の一翼を担うケベック文学を代表するハイチ系の作家としての地位を築いてきたが、二〇〇九年に『帰還の謎』によってフランスのメディシス賞を受賞してからは、世界的な作家の一人になったと言ってよいだろう。

ラフェリエールは現代の多くの亡命作家に見られるように複数の文化圏を横断する世界を築き上げており、出身国ハイチの豊かな文学的伝統を出発点としつつ、国際都市モントリオールに特徴的なモダンでインターカルチュラルな文学・芸術を肥しとして、マルティニックなどのクレオール文学をも吸収しながら希有な文学的境地を切り開いている。その文体は、皮肉で高踏的な側面もあるが、全体としてはむしろ読みやすい。特に本書は、速度感のある、明快な文章で綴られている。ただ、ラフェリエールのテキストには、現代世界の日常生活に潜んでいる物の見方を問い直す次元がいつでも開かれている。彼の黒人作家としての社会的位置に深く関わる次元である。ラフェリエールの文学は、黒人というカテゴリーや、「北半球の最貧国ハイチ」といった類型的イメージに見られる認識上の分類やステレオタイプを根底から問う姿勢の上に成立している。今回の大地震というカタストロフィーに対しても、それによって惹起されるハイチという国をめぐる歪んだイメージや無理解を問いただそうとするスタンスが基本にあることは指摘するまでもないだろう。

本書は、著者がたまたま故国ハイチを訪れた直後に歴史的な地震に遭遇したことが、執筆の切っ掛けになっている。ただ、そうした偶然が、本書のような書物にまで成長するには、それを可能にした幾つかの理由があった。一つには、本書にあるように、筆者が常に「黒い手帳」をもって歩き、視野に入ってくるものをなんであれ書き取るという実践が挙げられるだろう。この姿勢は、実のところ、ラフェリエールが敬愛してやまない芭蕉を思わせないでもない。墨と筆を入れた矢立を携帯して旅に出た芭蕉に、ラフェリエールは文学者のあるべき姿を見ているからである。ある本にはこんな言葉さえ書きつけている――「私は、いつの日か一冊の本の中に入り込み、二度と出てこないことを夢見ていた。芭蕉と共に、それが私に訪れたのである」。もう一つ挙げておかなければならない理由に、ラフェリエールのハイチへの思いがある。本書には、地震が襲った瞬間の様子が描かれ、彼が見た人々の悲劇や彼自身の体験が語られている。さらには、フランケチエンヌやトルイヨといったハイチを代表する文学者が登場してくる。とりわけ印象的なのが、地震の犠牲となった彼の友人や知り合いの事跡、あるいは彼の母親の家の人々や少年時代の追憶が語られている箇所だろう。それらを通して、ラフェリエールは、ハイチという文化的空間、その時空を喚起し、二十一世紀のカタストロフィーに対峙させているのである。

ようするに、ラフェリエールはカタストロフィーに立ち向かうにあたって、メディアが好みそうな情報を集めるのではなく、長年培ってきた彼の文学手法を頑固に実践することを選び取る。それをあえて一言で言うなら、「写生」だろう。グローバル化とインターネットによって場所感の喪失が急速に進む時代の中で、彼は個の眼差しと言語に信頼をおくのである。そこには、「いま・ここ」という場にこだわる精神が見える。その妥協のない、しかも柔らかさを失わない眼差しが、本書において独特の写真論やメディア批判を展開させてもいるのである。

ここでもう一つ、触れておかないわけにいかないことがある。それは、ダニー・ラフェリエールが二〇〇八年に『吾輩は日本作家である *Je suis un écrivain japonais*』という驚くべき小説を発表していることである。前述の芭蕉への言及も、実はこの本からの引用である。ハイチの人たちの日本贔屓は格別なものがあり、ハイチ現代文学の代表的作家の一人、ジャン=クロード・フィニョレも『報復』という日本を舞台とした長篇小説を書いているので、あまり驚いてはいけないのかもしれない。ただ、ラフェリエールの場合、単なる日本文学への愛を超えて、創作における根本的な戦略にまで高められていることを指摘しておかなくてはならない。話を分かりやすくするには、かつてリービ英雄が「日本語で書く権利」を主張し、日本語が日本人だけのものではないと訴えていたことを思い出すといいかもしれない。あくまで訳者による私見ではあるが、ラフェリエールの場合、日本文学は特殊な地域の文学ではなく、普遍的であり、それ故にこそ、彼もまた日本作家でありうるのだと言っているように見える。彼はリービ英雄と違って日本語作家だと言っているのではなく、日本文学の普遍的伝統に与る作家だと言っているような気がする。日本と同様、ハイチも違った意味で、特異な、あるいは特殊な国と見なされ、エグゾチスムの対象とされる傾向がある。そうした近代・現代のイメージ戦争が生んだ類型性や歪められたアイデンティティ像を解体していくような普遍文学を目指すラフェリエールの戦闘的姿勢がそこにある。

ところで、今世紀のカタストロフィーを見ていると、別にその道の専門家でなくとも、比較的小さな力やきっかけが原因となって規模の大きな破壊が誘発されていることに気がつく。九・一一にしても、比較的少人数の人間たちが航空機を操ることによって大規模な人的・物的被害を引き起こした。リーマン・ショックにしても、サブプライムローンの不良債券化によって世界規模の信用不安を招いたのであって、急激で人為的な要素が強く、流動的なグローバル経済の脆弱性を知らしめた。東日本大地震が一国の経済・社会体制を揺るがすような災害になった理由は、他でもない原発事故が重なったためであるが、その背後には、多様性を排除して経済効率を最優先する狭隘なエネルギー政策があったことは否めない。本書においては、クロード・プレプティというラフェリエールの旧友が登場する。ポルトープランスを破壊する恐れのある大地震を予測し、長いことそれを警告しながらだれにも聞き入れられなかった技師である。この挿話は見事な寓話の域に達しており、否応なしに日本の悲劇にも重なってくる。グローバル化による世界経済の急拡大とその偏頗な構造は、ハイチのような国にも、日本のような国にも、文化破壊を招く無理を強いているのである。ラフェリエールの裸眼と言語を頼りにする姿勢はそのまま、不均衡な現代世界への批判になりえているのではないだろうか。

翻訳に用いた版に触れておけば、本書は最初、地震発生から三カ月も経たない時期にモントリオールの「インク壺の記憶《メモワール・ダンクリエ》」社から刊行されている。しかし、本年一月になって、フランスの出版社グラッセから改訂版が出た。グラッセ版は大幅に加筆・訂正されており、内容的にも文体的にも異なっている。著者にこの点を問い合わせたところ、グラッセ版を翻訳してほしいということだった。したがって、翻訳にあたってはグラッセ版を用いた。

本書のタイトルだが、原題を忠実に訳せば、『すべてが私の周りで揺れている』となるところであろう。しかし、邦訳のタイトルとしては、日本の読者に分かりやすいように『ハイチ震災日記』とし、サブタイトルに原題の訳を入れることにした。この作品が「日記」なのかどうかは議論の余地があるが、本書の中で著者の甥ダニー君が「日記」という言葉を使っている。編集部と相談した結果、このようになった次第である。

今回の翻訳は、著者の来日に合わせて刊行することが急遽決まり、比較的短い期間で訳さざるを得なかった。しかもグラッセ版を取り寄せてみたら、三〇パーセントも増量されているのを発見し、約束の期間内に訳せるだろうかとあわてててしまった。幸いにして、ほぼ予定通りに訳せたが、思わぬ誤訳や不備があるかもしれない。読者諸氏のご教示とご寛恕を乞う次第である。また、同時に出版される『帰還の謎』の訳者小倉和子氏からは、作業の過程で力づけていただくと共に、多くの点について相談にのっていただいた。この場を借りて謝意を表したい。二冊が翻訳されることになった経緯や事情については、『帰還の謎』の訳者あとがきを参照していただければ幸いである。最後に、原稿を丹念に読み的確な指摘をしてくださった編集の刈屋琢氏、そして、ラフェリエールの著作を二冊同時出版するという英断を下された藤原良雄社長に心より感謝申し上げたい。これを機会に、ハイチ文学やケベック文学への関心が大いに高まることを願う次第である。

二〇一一年八月　スペイン、オビエドにて

訳　者

＊本書の出版に際しては、国際ケベック学会より翻訳助成をいただきました。心より御礼申し上げます。

著者紹介

ダニー・ラフェリエール（Dany Laferrière）

1953年，ポルトープランス（ハイチ）生。『プチ・サムディ・ソワール』紙の文化欄を担当していた76年，モントリオール（カナダ）に移住。85年，『ニグロと疲れないでセックスをする方法』で作家デビュー（89年カナダで映画化。邦題『間違いだらけの恋愛講座』）。90年代にはマイアミに居を移し，『コーヒーの香り』（91年），『終わりなき午後の魅惑』（97年）などを発表。2002年よりモントリオールに戻り，『吾輩は日本作家である』（08年）の後，『帰還の謎』（09年，邦訳藤原書店）をケベックとフランスで同時発売し，モントリオールで書籍大賞，フランスでメディシス賞受賞。2010年のハイチ地震に遭遇した体験を綴る本書『ハイチ震災日記』を発表。

訳者紹介

立花英裕（たちばな・ひでひろ）
1949年生。フランス語圏文学。早稲田大学教授。共著に,『アジア文学におけるフランス的モデルニテ』(仏文, PUF),『ケベックを知るための54章』（明石書店）など。共訳書に，フリオ・コルタサル『海に投げ込まれた瓶』（白水社），ミシェル・ヴィノック『知識人の時代』（紀伊國屋書店），ブシャール『ケベックの生成と「新世界」』（彩流社），『月光浴――ハイチ短篇集』（国書刊行会），エメ・セゼール『ニグロとして生きる』（法政大学出版局）など。監修書に，ナドー＆バロー『フランス語のはなし――もう一つの国際共通語』（大修館書店）。共編著に，『21世紀の知識人――フランス，東アジア，そして世界』（藤原書店）など。

ハイチ震災日記《しんさいにっき》――私《わたし》のまわりのすべてが揺《ゆ》れる

2011年9月30日　初版第1刷発行©

訳　者　立花英裕
発行者　藤原良雄
発行所　株式会社　藤原書店

〒162-0041　東京都新宿区早稲田鶴巻町523
電　話　03（5272）0301
FAX　03（5272）0450
振　替　00160 - 4 - 17013
info@fujiwara-shoten.co.jp

印刷・製本　中央精版印刷

落丁本・乱丁本はお取替えいたします
定価はカバーに表示してあります
Printed in Japan
ISBN978-4-89434-822-6

1989年11月創立 1990年4月創刊

月刊
機
2011
9
No. 234

発行所 株式会社 藤原書店©
〒一六二―〇〇四一 東京都新宿区早稲田鶴巻町五二三
電話 〇三・五二七二・〇三〇一（代）
FAX 〇三・五二七二・〇四五〇
◎本冊子表示の価格は消費税込の価格です。

編集兼発行人
藤原良雄
頒価 100円

“越境文学”の新境地を拓いたハイチ出身のケベック作家ラフェリエール氏来日

『帰還の謎』と『ハイチ震災日記』

――現代フランス文学最高のメディシス賞受賞――

Photo : ©Beauregard
仲介：㈱フランス著作権事務所

ハイチに生まれ、政治亡命を余儀なくされてのち、現在はケベックとハイチを行き来しながら作家として活躍するダニー・ラフェリエール氏が、九月下旬に来日する。複数の文化圏を横断し、芭蕉の俳句にも文学的影響を受けたという彼は、稀有な文学的境地を拓き高い評価を受けている。一昨年仏最高のメディシス文学賞を受賞した『帰還の謎』、二〇一〇年ハイチ地震を自らの経験から語った『ハイチ震災日記』をこの機に小社から同時刊行する。

編集部

●九月号目次●

ハイチ出身のカナダ・ケベックの人気作家は、親日派だった!

日本の味わい

ダニー・ラフェリエール

夢の中の日本

私の作品が日本語に翻訳され、日本人に、それもまさに日本において読まれるというのは、にわかには信じがたいことである。日本は私の夢の中にあまりに長いあいだ存在しつづけたために、いっときなど、それは自分が勝手に捏造したものだと思っていたほどなのだから。まだ実感が湧かない。日本は私の内部にあまりに強烈に棲みついているので、今度は自分がそこに住むことになるのに感動している。今この瞬間、私はひとりの日本人読者の手の中にいる。けれどもその読者は、私がその人のところに到着するために辿らなければならなかった道程については知らない。それはまさに、書くことと読むことという、ふたつの相互補完的な活動を賛美することでもある。

モントリオールの、疲れを知らぬランプの下で、ひとりの男が物語を書き上げるのに熱中している。その物語はじつは、亡命という迷路から彼を抜け出させてくれる赤い糸なのだ。そして世界の反対側では、東京で、京都で、あるいは別の場所で、もうひとりの人がその年代記を読み解こうとしているのだが、その年代記は内面的すぎて謎めいてしまう。ではその道程とはどんなものだったのか? それは私の記憶のはるか彼方にまで遡るため、最初に「日本《ジャポン》」という言葉と出会ったのがいつだったのか、思い出すこともできない。私が知っているのは、この言葉が私の好奇心をそそったということだ。果実の名前だと思ったのである。それは私が祖母と一緒に幼年期を過ごしたプチ＝ゴアーヴの村でのことだった。当時の私はとても内気で、辞書にさえ説明を求めることができなかった。そのため、自分の口の中にひそかに日本をしまっておくことになったのである。

決定的な文学的影響力

それと再会したのは十四歳ごろ、ひとりのおばが三島の小説を家に持ち帰ったときだった。自分の世界とはまったく異なるその世界に私の心はすっかり占領され、中毒を起こすほどだった。その後ポルトープランスで、ほかの作家たち、とりわけ**谷崎**を発見した。と同時に**北斎**の何枚かの版画も。魅惑はモントリオールでさらに増大した。そこでは、一九九〇年代末ごろ、日本料理店が急速に増えていたのである。それよりだいぶ前に、ある女友達の家で偶然**芭蕉**の俳句に出会っていて、彼はボルヘスとともに、私にとって、ふたつのもっとも決定的な文学的影響力となった。私は芭蕉の簡素な文体にいたく感動し、日本人になりたくなって、その経緯を簡潔にあらわした題名のついた本『**吾輩は日本作家である**』を書いた。それも、日本を知らずに、である。私が日本を知ったのはその詩人たち（一**茶、芭蕉、蕪村、子規**）の言葉を通してであり、だからこそ、私の本が自分に先んじて日本に登場することに喜びを禁じえないのだろう。さあ、私は書く。そしてあなたが私の本を気に入ってくれれば、そのとき私は現れる。**（小倉和子訳）**

『帰還の謎』所収「日本の読者へ」より）

ハイチ共和国とは？

カリブ海に浮かぶイスパニョーラ島をドミニカ共和国と分け合う。一八〇四年に独立を果たした、初の黒人共和国。フランスから独立の承認を得るため旧入植者への損害賠償としてフランス政府に支払われた一億五千万フランは、既に莫大な金額であったが、サトウキビの価格が下落しなければいずれは返済できるはずだった。しかしその後ヨーロッパで甜菜糖が生産されるようになり、サトウキビの価格が下落。長期にわたって借金に苦しむ国家となる。（小倉和子）

（『帰還の謎』訳者解説より）

Dany Laferrière（1953- ）

ハイチの首都ポルトープランス生れ。一九七六年に政治亡命を余儀なくされ、以後、主にカナダのケベック州モントリオールに在住。一九八五年に発表した『ニグロと疲れないでセックスをする方法』で話題をふりまき、フランス語圏文学の一翼を担うケベック文学を代表するハイチ系の作家としての地位を築いてきた。二〇〇九年に『帰還の謎』によってフランスのメディシス賞を受賞。

現代の多くの亡命作家に見られるように複数の文化圏を横断する世界を築き上げており、出身国ハイチの豊かな文学的伝統を出発点とし、国際都市モントリオールに特徴的なモダンでインターカルチュラルな性格をもった文学・芸術を肥しとして、マルティニックなどのクレオール文学をも吸収しながら希有な文学的境地を切り開いた。**（立花英裕）**

（『ハイチ震災日記』訳者あとがきより）

異郷で亡くなった父の魂を戻すために、私も三三年ぶりの故郷に帰る……

『帰還の謎』について

小倉和子

ふたつの「帰還」

本書『帰還の謎』は、二三歳のときにモントリオールに移住したラフェリエールが、三十三年ぶりにハイチに一時帰国した折に書いたという設定の自伝的小説である。その一時帰国には主にふたつの目的があった。ひとつは、若くして独裁政権に追われて半生をニューヨークで過ごし、故郷に戻ることも家族に再会することもなくあの世へ旅立った父親の魂を故郷に戻してやること。もうひとつは、幼くして父と別れたために幼年期の重要な部分が欠落したままの作家が、自己の幼年期を再構成することだった。

作品は、第一部「ゆっくりとした出発の準備」と第二部「帰還」の二部構成になっている。冒頭で父の死を知らせる真夜中の電話を受け取った「ぼく」は、翌日、故郷を思い出しながらモントリオールの町をさまよい、ケベックの北の方まで車を走らせる。そこで対比されるのは、熱烈な願望を秘めながら氷の下でじっと太陽の愛撫を待つ北国の草木と、故郷ハイチで母と一緒に眺めた庭先の夾竹桃の花である。ラフェリエールも本書の中で言っているように、ジル・ヴィニョー（一九二八—）が「ぼくの国は、国ではなくて冬だ」と歌ったケベックのイメージは冬に要約されるのである。冬はまた、異国の地に暮らす亡命者の厳しい生活条件の暗喩にもなっている。それでもなお、ハイチの暖かな日射しを後にしてモントリオールに来たのは、かの地ではなく、この都市にこそ、願望も、生も、温もりも秘められているからではないか。「地球上の四分の三の人びとにとって、旅の形態はひとつしかなく、それは言葉も習慣も知らない国で、身分証明書ももたずに自分を取り戻す行為だ」とラフェリエールは言う。

ニューヨークで父親の埋葬に立ち会った「ぼく」は、第二部ではハイチに帰り、故郷を外の目から眺めることになる。三十三年ぶりに帰郷した彼は、最初ホテルのバルコニーから望遠鏡で町を眺める。「よそ者」の視線がハイチの現実を冷静にとらえていく。しかし、いよいよ母に父の死を告げねばならない段になると、父に死ぬまで亡命生活の孤独を強いただけでなく、母にも同じ寂しさを味わわせ（というのも、亡命は残された者にも同じ孤独を味わわせるから）、さらには、自分にもケベック移住を強いた独裁政権への怒りが噴出する。そして、今なおその後遺症に苦しむハイチ社会への辛辣な批判が繰り広げられる。（…）

個人的な現実と、普遍的な射程

ダニー・ラフェリエールの父親はじつは一九八四年に亡くなっている。しかしこの喪の書が刊行されたのは二〇〇九年になってからである。ということは、ラフェリエールが父親と自分自身の幼年期に別れを告げるには四半世紀を要し、自分も父親の年齢に達するのを待たなければならなかった、ということではないか。一方で、この別れの儀式は二〇〇八年に他界したエメ・セゼールにたいするものでもあったように思われる。なにしろ、セゼールの風貌はラフェリエールに自分の父親を思い起こさせるものだったのだから。『帰還の謎』はある意味で、セゼールの『帰郷ノート』の書き換えとして読むこともできる作品である。

『帰還の謎』はきわめて写実的であると同時に叙情的な無数のスケッチから成る作品である。どこか『悪の華』の中でボードレールがパリの事物に投げかける視線にも似た、炯眼であると同時に温もりのある視線がモントリオールとハイチの現実を結晶化させていく。モントリオールの朝方のカフェの様子、高速道路をすれ違う車、ポルトープランスのスラム街で生活する貧しい人たち、その一方で、外国に行ったきり帰ってこない息子や娘を追いかけて移住してしまい、空き家になった豪邸の数々、空腹を抱えていてさえ他人のことを思いやる人びと、そして一〇〇年後に訪れても変わっていないだろうと思える風景……。この作品の魅力は、ラフェリエール自身が切り取ったきわめて個人的な現実の数々に、祖国、移住、親子関係といった普遍的な射程が結びつくことによって生み出されているように思われる。

（『帰還の謎』訳者解説より）

（おぐら・かずこ／立教大学教授）

二〇一〇年一月一二日、ハイチの首都を大地震が襲った。死者は三〇万を超えた……

『ハイチ震災日記』

立花英裕

新しい時代を告げるカタストロフィー

日本でも連日報道されたので覚えている読者も多いにちがいないが、二〇一〇年一月一二日、ハイチは大地震に見舞われ、首都ポルトープランスが壊滅的な被害を蒙った。震災による死者は三〇万人を超えるとも言われる。以前からハイチに関心を抱いてきた訳者にとっては、なんとも衝撃的な出来事だった。十九世紀初頭に独立した誇り高き黒人共和国は、背骨を折られるような手痛い打撃を受けたのである。

地震の強度はマグニチュード七・三だったので、備えのある日本なら、あんなことにはならなかっただろうとも言える。しかし、ハイチが直面していた困難を少しでも知っているなら、問題をそのように狭く捉えるのではなく、政治・経済のグローバル化と密接に結びついていると考えるべきだろう。今年になって、今度は日本が、東日本大震災による津波と原発事故というやはり国の屋台骨を折られかねない災害にあった。国情が異なるから被害の質も異なるが、どちらも二十一世紀に特有なカタストロフィーではないだろうか。

当時の報道では、北半球の最貧国ハイチというような論調ばかりが目立った。国の規模に比べて文化活動が驚くほど盛んで、文学・絵画・舞踊などの水準が極めて高いことはほとんど触れられなかった。ハイチの文化的創造性がもっと紹介されてしかるべきだろう。ダニー・ラフェリエールはカナダのケベック州に在住しているが、現代ハイチを代表する文学者の一人である。

「いま・ここ」という「写生」の文学

本書は『ハイチ震災日記』というタイトルになっているが、実際は「日記」というよりは、著者による震災の体験録である。ある文学フェスティヴァルに参加するためにハイチに到着したばかりの著者を襲った大地震到来の瞬間から始まり、

目撃した人々の苦痛、焦燥、不安、恐怖が語られる。更には、フランケチエンヌやリヨネル・トルイヨのような文学者たちの行動、モントリオール市に戻ってから見るテレビの映像への違和感、再びハイチを訪れてから一緒に暮らした母親の家のことなどが描かれる。

その文体は、速度感のある感性的な描写を基本にしつつも、次第にハイチの歴史や著者の少年時代の記憶、亡くなった友人たちの事績も交えられていき、誤解されがちなハイチの時空が内側から再構成されていく。現代世界への考察も挟まれていて、小説家らしい緻密な配慮が行き届いた作品に仕上がっている。

ラフェリエールは日常のもつ時間の質を大事にする。「黒い手帳」を常に携帯して、見るもの聞くものを描いていく手法は、あえて一言で言えば「写生」だろう。その真剣勝負に挑む姿勢は、芭蕉を敬愛していることに通じている。

彼は、『吾輩は日本作家である』(二〇〇八年)という意表を突くタイトルの小説を発表している。その中で、少年時代に三島由紀夫に夢中になっているとき、それがどこの国の文学かは意識しなかったと述べている。彼にとって日本文学は特定の国の特殊な文学ではなく、地球上のどこに住んでいようとも自己の時間として読むことができる普遍性をもっている。挑発的とも見えるタイトルは、類型的にハイチを捉え、エグゾチスムを求める読者への言語戦略でもある。

言葉への信頼を通して日常生活の「いま・ここ」にこだわるラフェリエールの頑固な姿勢は、グローバル化と情報化によって場所感を喪失した二十一世紀にあって、思いがけなくも新鮮に見えるのである。

(たちばな・ひでひろ/フランス語圏文学)

十九世紀の大歴史家による大著『フランス史』日本語版、遂に完結！

十九世紀史――ナポレオンの世紀

――ミシュレ『フランス史』Ⅵ・完結――

立川孝一・大野一道

日本語版全巻完結を迎えて

本巻『フランス史Ⅵ　十九世紀』をもって本訳書全六巻のシリーズは完結する。ミシュレの原書『フランス史』一七巻、『十九世紀史』三巻のあわせて二〇巻に対し、およそ三分の一に相当する部分の訳出に過ぎなかったが、それにしても企画を立ててから足掛け六年、訳書第一巻の出版を始めてからでも一年半近く経ってしまった。その間、日本はかつてなかったような巨大地震と巨大津波に見舞われ、またそれに伴って起きた原子力発電所の大事故に今なお苦しむこととなった。この大事故は、はからずも歴史の中で繰り返され続けた、社会の中央部分が利益を享受し周辺部分が犠牲を強いられるという構図を、見事なまでに再現しているように見える。ミシュレはこのフランス史を書くにあたっても、各時代各領域で常時かいま見られたこうした構図を、執拗なまでに暴露し、そしてほぼつねに沈黙を強いられ続けてきた周辺部分のほうに、可能なかぎりの光をあてようと努力していたとも言える。（**大野一道・立川孝一**）

ミシュレ『十九世紀史』とは

『フランス史』の最終巻（第一七巻）は、革命前夜、三部会に選出されたミラボーの場面で終わっている。これによって『フランス史』は、すでに刊行されていた『フランス革命史』に接続されたことになる。だが『革命史』は実は完成品ではなく、ナポレオン三世の皇帝即位によってミシュレが公職から追放されたためにテルミドール九日で中断されていた。革命史の後半は手つかずのままであったし、何よりも、ナポレオンのことが書かれてはいなかったのである。

『十九世紀史』は普仏戦争とパリ・コミューンという悲劇の直後、一八七二年に第一巻が刊行され、あとの二巻は著者の死後に出版された。文字通りミシュレの遺作である。歴史家としての知識が総動員されているだけでなく、未来にこめた熱い想いが行間から伝わってくる。従来は『フランス史』とは区別されて論じられてきた作品ではあるが、われわれはこれを『フランス史』と一体のものとして位置づけ、日本語版『フランス史』の第六巻として日本の読者に紹介しようと思う。

だが副題の「ナポレオンの世紀」については説明が必要であろう。読者には、ナポレオンに対するミシュレの評価が厳しすぎると思われるかもしれない。たしかにナポレオンはミシュレにとって一種のアンチヒーロー、敵役である。では脇役かといえば決してそうではない。テルミドールからワーテルローまでの二〇年間、フランスもヨーロッパもこの一人の男を中心に動いていたのである。

サン=ベルナール橋のボナパルト

フランス人にとって、ナポレオンは「独裁者」であると同時に「英雄」でもあった。個人崇拝はフランス人の病いだとミシュレは言っている。ヨーロッパの諸国民にとっても、ナポレオンは「侵略者」であると同時に「解放者」でもあった。彼個人の意識はともかく、共和国と共に成長したフランス軍の兵士たちは市民たることを誇りとし、未だ封建制の支配下にあった周辺諸国に向かって革命の息吹を伝えたのである。だからミシュレにとって、ナポレオンは歴史のプリズムのような存在である。彼を通過することで歴史の諸相が明らかになってくる。『十九世紀史』は、ナポレオンと共に、ヨーロッパへ、世界へと拡大するフランス革命のグローバルな歴史なのである。

死を前にしたミシュレは、戦禍に見舞われた祖国の再生を願い、まさに渾身の力をふりしぼって『十九世紀史』を書いたのである。

（立川孝一）

ミシュレとナポレオン

ミシュレの父ジャン＝フュルシが二〇歳になろうとしていた頃に革命が始まった。彼がパリにやってきたのは一七九二年十月のことである。彼はアシニャの印刷工場で働き始める。テルミドール後の印刷業は活況を呈していた。やがてジャン＝フュルシは自前の印刷所を経営するようになる。「当初は何もかもうまく行くかに見えた」（青年期に書かれた『メモリアル』）。だが、総裁政府期（一七九五―九九）に繁栄した出版業はナポレオンによってブレーキをかけられる。共和八年ニヴォーズ（一七九九年十二月二八日）の法令が新聞の数を一六に制限する。さらに一八一〇年と一八一一年の法令がパリの印刷所を六〇に制限する。これによって零細な印刷所が閉鎖の憂き目を見ることになるが、ミシュレ家の印刷所もそこに含まれていた。一八一二年、ジャン＝フュルシ・ミシュレは失業者となり、一八一五年まで定職につくことはない。

　ミシュレ研究の第一人者P・ヴィアラネは次のように言っている。「このように『絶えず踏みつけられたこと』が、ミシュレを同世代の作家たちから区別している。彼らが〔リセに通い〕ナポレオン崇拝の下で教育されたのとはちがって、貧困の中で育ったミシュレは、帝国の華々しい勝利には無感動なままであった。つまり、パリの民衆の無関心もしくは憎悪を共有していたのだ」。キネ、ヴィニー、ミュッセらの父が役人、ユゴーの父が将軍であったのに対して、ミシュレだけが貧乏人のせがれであった。

　ナポレオンに対するミシュレの「憎悪」は私的、個人的なものだったのだろうか？　だが、歴史家としての半世紀の歩みの中で、ミシュレはその個人的な体験が根本においてパリの民衆のものであったことを確信したにちがいない。一八五四年に書かれ、死後（一八七九年）に出版された『宴』の中で、彼は帝政時代――彼の子供時代――の思い出を次のように記している。「皇帝はいつも、思いもかけないときに、足早に、夜暗いときに戻ってきてはパリを驚かしたが、くりかえされる戦争は年を追って大きくなった。そして祭りが行なわれ、食物が大盤振舞いされ、ワインが泉のように流れ、花火が華やかに打ち上げられた。私は父と母に連れられて二度そこに行ったことがあるが、こうした花火がシャン＝ゼリゼの夜空にくり広げる光、轟音、血の色をしたオーロラに驚き茫然とした。……人〔ナポレオン〕は、この戦争でめでたくも二万人あるいは三万人を殺したと言いたかったのかもしれないが、そんなことで

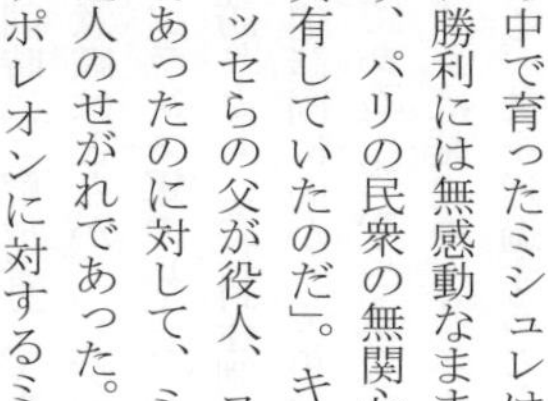

ミシュレ　ナポレオン

喜ぶ者は一人もいなかった」「帝政は私にとって……ひとつのX、謎、疑問であった。なぜ人はこれほど戦争に熱中するのか？」

この文章が書かれた頃（一八五四年）、フランスはナポレオンの甥（ナポレオン三世）の支配下にあった。皇帝への誓約を拒否したミシュレはコレージュ・ド・フランスの教授職のほか、すべての公職から追放されていた。ミシュレ父子は二代にわたってボナパルティスムの犠牲者になったわけである。

日本におけるナポレオン研究

（立川孝一）

ナポレオンをフランス革命の継承者、その「収拾者」として評価した歴史家に井上幸治がいる（『ナポレオン』一九五七年）。だが『秩父事件』の著者でもあり、歴史を首尾一貫して民衆の側から見ていたこの歴史家は決して「ナポレオン伝説」にまどわされてはいない。歴史は一人の「天才」によって作り変えられるほど単純ではないのだ。「革命のつくりだした社会のしくみをはなれては、ナポレオンの政治も戦争もない。この点を無視すると、この英雄の人間の偉大さや非人間性も解明されないのではあるまいか」。井上は、ナポレオンの権力の社会的基盤がフランス革命によって解放されたブルジョワジーと農民であったこと、またこの軍事政権が農民たちによって構成される国民的軍隊を武器にして、その経済的ライヴァル（イギリス帝国）を封じ込めようとしたことを指摘する。ボナパルティスムとは、封建的秩序が革命によって解体し、社会がブルジョワ（産業主義）と労働者（社会主義）に二分されようとしているときに、その両方を軍事力によってつなぎとめようとする試みである。これはミシュレが『十九世紀史』第一巻序文「社会主義、軍国主義、産業主義」の中で述べていたこととも一致する。ただし、井上はミシュレのようにナポレオン個人の心理にまで深く立ち入ることは慎重に避け、老ゲーテのように、この人物における「道徳性の欠如と愛情に対する無感覚」をとくにとがめたりはしない。

ミシュレは歴史家であるのか文学者であるのか？――編者である私も答えに窮することがある。ミシュレ本人に尋ねるなら、当然のことながら、歴史家であって文学者ではないと答えることだろう。なぜなら彼が描く人物も事件もみな確固とした地理的、社会的、歴史的な基礎の上に据えられているのだから、と。たしかに、「中世史」（一八三三―四四年）において歴史上の人物は――エティエンヌ・

マルセルにせよ、シャルル六世（狂人王）にせよ――それぞれ時代の「象徴」として描かれていた。彼らの「個性」はより大きな集団――マルセルならパリの市民、シャルルであればフランス王国の人民――を視覚化するための象徴であった。その意味でジャンヌ・ダルクは最も典型的な象徴であった。彼女は「フランス」そのものを体現していたが、彼女自身は全く無知――あるいは無垢――な一七歳の少女、貧しい農民の娘にすぎなかったからである。つまり、没個性であることが象徴たることの条件なのである。

だが、ナポレオン・ボナパルトは、どう見てもドンレミ村の少女のように純粋無垢であったとは言いがたい。ミシュレの描き出す青年ナポレオンは「青ざめた顔をした魔術師」であり、その「ガラスのような眼」からは何ものも読みとることができない。同時代のある詩人は彼を「偉大なるカメレオン」と呼んだりもした。ミシュレは言う。「この一見、雷のような、火山のような青年は、全体としては〈文句のつけようのない臣下〉と呼ばれるものであった。つまり若い時から全く原則にはこだわらず、とにかく機敏で柔軟性があり、どんな犠牲を払ってでも出世しようと決意した人物であったと私は思う。この年頃の男は、極めてわずかな年月で決してこれほどまでには変わらないものだ。……この変わりやすさが難解さを増す」（本書第八章）。こうした性格の不安定さのために、ナポレオンはついにミシュレの歴史においては「象徴」となることができなかった（「暗殺されたマラー」に対してミシュレが実に美しい一章を捧げていたことが思い起こされる。マラーがどんなに怪物的に見えたとしても、彼の『人民の友』はミシュレにとってはまぎれもなくパリの庶民の声だった。そしてあの冷酷なロベスピエールですら「ジャコバン教会」の中に熱烈な信者――上品なジャコバン女性たち――を持っていた。彼らもまた「象徴」であり、その死は「悲劇」なのである）。モスクワから退却し、パリで退位を余儀なくされ、エルバ島に流されるときのナポレオンの描写はほとんどカリカチュアだといってよい。それは道化＝喜劇役者である。『革命史』のルイ十六世がそうであったように、滅ぶべきシステム（軍国主義）の象徴は道化でなくてはならなかった。

我々は歴史家井上幸治のいましめに従い、歴史を「個人」に還元するのではなく、むしろ「革命のつくり出した社会のしくみ」に目を向けるべきであろう。『十九世紀史』において、ミシュレは見事なパノラマを我々に示してくれた。それは「国境」の外へ出てヨーロッパの諸民族と交流する革命の兵士たちの姿である。「大陸軍とは動員された人民である」(第一八章)。フランス革命はこれら無名の戦士たちと共に国境を越え、フランスの外のみならず、ヨーロッパの外へ、エジプト、インド、ハイチへと向かう。彼らはある所では快く迎え入れられ、またある所では厳しく拒絶される。共通の理念の下に「諸民族の連盟祭」が祝われることもあれば、血まみれの報復を招くこともあった。いずれにしても、「世界」がグローバル化し、価値の共有が課題となったことは明らかである。その意味で、ミシュレが『十九世紀史』第一巻の序文でかかげた世紀の基本性格「社会主義、軍国主義、産業主義」はあくまで暫定的なものにすぎないと言えるだろう。ボナパルティスム(軍国主義)は社会主義に対する産業主義の恐怖から生じたものであるから、労働者とブルジョワジーの和解が実現すれば自ずと消滅するべきものであった。積年の英仏対立ももはや過去のものであるとミシュレは言う。ミシュレは英雄ナポレオンを切り捨てることで、むしろヨーロッパ諸国民の連帯を選びとったのである。

井上幸治(1910-89)

「意志」が世界を作る。「もろもろの意志と魂の共同体」こそ共和国と呼ばれるものである。たとえフランスが戦いに敗れたとしても、新たな共和国の中でフランスは甦ることだろう。「フランス史」は「世界史」になるのだ。これが、『十九世紀史』第三巻の序文でミシュレが同胞に残した最後のメッセージである。

(立川孝一)

*すべて『フランス史VI』より

(たちかわ・こういち/歴史学)
(おおの・かずみち/フランス文学)

「われわれの世界の見方を一変させてしまう稀な思想家」

本書誕生の経緯

――『アラブ革命はなぜ起きたか』――

ダニエル・シュネデルマン

アラブ革命に対する仏メディアの反応

本書は、アレシュリマージュ（ネット放送局）のチームによるエマニュエル・トッドのインタビューにして彼の告白という、あまり例を見ない本であるが、実はこの本自体が、『文明の接近』（二〇〇七年、邦訳は二〇〇八年小社刊）と、ウェブ・テレビジョンの番組との混交から生まれた、ハイブリッドな産物なのである。

トッドはそこで、時流に逆らって、ある診断を下していた。すなわち、政治的・メディア的通念は十年一日のように、アラブ諸国の住民は結局は原理主義と独裁に行き着く運命にあるのだと、繰り返し述べていたが、とんでもない、アラブ諸国の住民は、そのままずかずかと近代性の中に足を踏み入れて、いつの間にか、近代性の中にいるいわゆる「西洋」の住民に追いついた、というのだ。

私は「時流に逆らって」と言ったが、それだけでは言い足りない。もう何年も前から、フランスのメディアの中で今日主流をなしているいくつかのものは、コーランは近代性と相容れるかという、益体もない疑問に己を見失っている。コーランは、ということは、広義では世界のすべてのイスラーム教徒は、その本性からして宿命的に、反啓蒙的で反動的で、女性蔑視で同性愛恐怖症なのではなかろうか、というわけだ。

このような知的景観の中で、チュニジア革命と直ちにそれに続いたエジプト革命が起こったものだから、フランス政府とメディアのイスラーム恐怖症患者のお歴々はまさに硬直痙攣を起こしたのである。当初は無関心だった（チュニジア社会の底辺で革命が起こりつつあることにフランスのテレビが気付くのに、三週間かかった）が、その局面が終わると、一連の派手な失言・失策が湧き出して来た。

で、ジャーナリストたちはどうだったのか。異口同音にこう宣う始末だった。思い出すだけで良いのだ。イスラーム、ブルカ、ハラール（主にイスラム法で摂取を許された食品）、世俗性等々について、われわれは皆さんの耳にタコができるほど叩き込んだではないか、と。

各国の独裁がぐらつき出したときの、彼ら特派員たちの顔と言ったらなかった。これらの思いも掛けぬ若い革命が、われらが年老いた諸国民の年老いたメディアにどんな恐怖心を抱かせたか、どんな注釈よりもそれらのルポルタージュの方が雄弁に物語っていた。

今回の事態を半ば予言

トッドの本を発見したとき、私がどれほど安堵を覚え、歓喜にむせんだか、ご想像戴きたい。この本を私は熱に浮かされたように貪り読んだ。トッドは、支配的なプロパガンダに冒されていないように見えたのである。

▲エマニュエル・トッド氏（1951-　）

彼はもちろん明示的な逆手を狙って、コーランの満ち足りた讃美に挺身してなどいなかった。彼は全然別の場所に足場を築き、横から攻めていたのだが、その射角はまことに有効で、しかも投入される弾薬は、フランスから見た論争の塹壕戦では初めて登場する新型砲弾、すなわち**人口統計学**のデータであった。

この本を一読するや、私はたちまち、著者を招き、今やまことに予言的であることが明らかとなった彼の分析を解明したくてたまらなくなったのである。アラブの革命は、人口統計学のデータに不可避的に書き込まれていたというのか？　だとすると、かくも明々白々な事実が誰の目にも止まらなかったのは、一体どうしてなのだろうか？

それが、皆さんがいま手にしておられる小冊子の母体となったのである。

トッドは、いかなる慎重な言葉遣いにも、いかなる礼節にも、いかなる順応主義にも、いかなるポリティカル・コレクトネスにも惑わされることがないがゆえに、われわれの**世界の見方を一変させ**てしまう、そういう稀な思想家の一人である。

そうなのだ。彼はただ一人掩護もなく、踏みならされた道を遠く離れて、前人未到の地を果敢に探検した。そして時々、私たちの方を振り返って、私たちが彼の姿を見失っていないかどうか確認するのだ。

（構成・編集部）

＊全文は『アラブ革命はなぜ起きたか』に収録

（Daniel Schneidermann／ジャーナリスト）

欧米の通念に抗い、イスラーム圏の近代化・民主化の動きを捉える

アラブ革命はなぜ起きたか

石崎晴己

仏メディアのイスラーム恐怖症

昨二〇一〇年一二月に失業中の青年が焼身自殺を図って死亡したことに端を発するチュニジアの反政府民衆蜂起は、二三年間強権政治を続けたベンアリ大統領の退陣・国外逃亡を一月足らずの間に実現した。このチュニジアの革命は、またたく間にエジプトを始め、アラブ世界全体に波及し、二月にはエジプトで、三〇年の長きにわたって君臨した独裁者、ムバラク大統領が辞任するに至った他、リビア、バーレーン、シリアなどでも民衆運動が激化した。

この「アラブ革命」が勃発したとき、フランスのメディアの反応は、いかにもイスラーム恐怖症にとりつかれたものだった。ダニエル・シュネデルマンの「本書誕生の経緯」が巧みに活写しているように、フランスの記者たちは、革命の中にイスラーム聖職者やイスラーム主義者たちの影を探り出すことに熱中したのである。それも無駄に終わった。

少なくともチュニジア、エジプト、そしてリビアの蜂起した民衆は、意外なほど「非宗教的」で、「世俗的」国民意識を表出しており、エジプトでは、国の二大宗教であるイスラームとコプト（キリスト教）の別を越えた国民的団結が謳われるというようなこともあったようである。

しかしもちろん、このようなメディアの姿勢は、フランスだけに限るものではなく、アメリカも含めて、この動きのイスラーム化を警戒しつつ、その懸念を掻き立てて、あわよくばイスラーム主義の烙印を押そうとしていることに変わりはない。

このような状況の中で、エマニュエル・トッドが二〇〇七年に出した『文明の接近』が、新たに脚光を浴びている。その理由はもちろん、シュネデルマンが熱っぽく告白するように、本書がイスラーム恐怖症的プロパガンダを断固として告発しているからである。

人間の普遍性に対する確信

実際トッドはインタビューの中で、『文明の接近』のことを、「市民的行為」と言っている。「学問的な本ですが、市民的な企てだった」と。私が行ったインタビューの中でも「闘争の書」と述べている。

イスラーム教とはそれ自体が本質的に悪であり、本質的に近代性とは相容れず、イスラーム諸国は宿命的に近代化が不可能なのだ、とするイスラームの本質化ないし悪魔化（悪魔扱い）が、フランスを始めとする西洋諸国で蔓延していた風潮を、真っ向から批判する試みだったのである。

その論拠はもちろん、トッドの専門分野である人口統計学のデータ（識字率と出生率）から浮かび上がってくるイスラーム諸国の現状であり、西洋自身の歴史への反省的眼差しであった。この過去への眼差しから着想されたものが「移行期危機」の概念である。

イスラーム圏が移行期にあるということは、国によって差はあるにしても、全体として近代化の道を進みつつある、少なくとも近代化の直前にある、ということを意味する。同時に、現在近代性を代表することを自認する先進国も、かつては流血と殺戮の移行期危機を体験したのであり、見た目の暴力性に惑わされず、冷静な目でイスラーム圏を見なければならない。いずれ移行期が終わればイスラーム諸国も、鎮静化して、平穏な近代社会を築き上げるはずである。

このようなトッドの寛容さは、人間の普遍性に対する確信から来るものと言えよう。周知の通り、トッドの著作家としてのデビューは、二十五歳の時に上梓した『最後の転落』であり、その中で近い将来におけるソ連邦の崩壊を予言した。彼はその予言の根拠をもっぱらソ連における幼児死亡率の極端な上昇から引き出したと言われている。

今日イスラーム圏の住民に対しても、トッドは同じ態度で臨んでいる。何やら訳の分からない、理解を越えた不可思議な人間たちではなく、家族システムと歴史的状況は異なるとはいえ、幸福と安寧を求めて日々の生活を行う「普通の人々」、つまりは「普遍的な人々」である、と考えるのである。

（構成・編集部）

＊全文は『アラブ革命はなぜ起きたか』に収録

（いしざき・はるみ／フランス文学）

リレー連載　今、なぜ後藤新平か　72

後藤新平を仰いだ十河信二

梅森健司

後藤に見出された十河信二

「鉄道院に来い！」後藤新平のこの一言で、十河《そごう》信二（一八八四―一九八一）の人生は大きく動いた。一九〇九（明治四十二）年、鉄道院総裁となった後藤の下で、十河は経理部長となって働いた。

歴史に「もし」は許されない。しかし、もし鉄道院総裁が後藤でなかったなら、十河は国鉄以外に就職していたかもしれない。また、東海道新幹線の開通もおそらくなかった可能性が大きい。

私が「後藤新平記念館」に勤めていた二〇〇二（平成十四）年一一月、十河信二のご令息和平《わへい》氏が夫人と連れだって来館された。八十三歳のご高齢ながら、東京都国立《くにたち》市から東北の地までおいでくださったことに感激した。翌年は父信二の二十三回忌に当たり、その前に念願の後藤新平記念館を訪ねたいということからであった。

館内展示室を案内しながら、和平氏から直接後藤への想いを伺えたことは、何よりの感銘を受け胸に迫る思いがあった。

一階の「相馬事件」の前では感慨深く見入っておられたが、「父も疑惑収監されたことがありました」と切り出された。それは、関東大震災後に起きた「復興院疑惑事件」のことである。土地収容や鉄道物品購入で、請負業者等から二万円の賄賂を受けとったとのことで信二は入獄となった。「父は一歩も引かず、逆に検事に一三カ条の質問状を叩きつけたのです」。結局無罪となったものの、世間の目は冷たく、一家はいわれなき屈辱に耐えなければならなかったのである。

十河が保釈されたその日、後藤は十河

▶十河和平氏夫妻（左が筆者）
（写真は二枚とも筆者提供）

を自宅に招き、「これでお前も一人前の資格ができた。男子たるもの一度は獄舎の冷や飯を食わねば」といわれたそうだ。後藤が入獄となった相馬事件では、無罪放免後、後藤は衛生局長の座を失った。が、日清戦争直後に帰還兵や船舶の検疫をなしとげ、生涯で最も忙しい日々を過ごした。その成功率は、世界中にもとどろいていった。

十河は後藤に見出され、後藤からいやというほど親心を学びとっていった。十河は、後藤譲りの精神がやがて第四代国鉄総裁となったときも、頭から「広軌」線が離れないでいた。東海道の輸送力増強が当時の急務であった。遠い先の日本を考え、いかに大金が必要であろうと、東京から大阪に一気に広軌線を敷設することが必要と判断した。それを説得するのに、十河はかつての後藤と同様に苦心した。専門家は反対、政治家も不賛成という中で、ついに、四年後には着工にこぎつけていった。後藤には達成することのできなかったことが、半世紀後、十河によって可能となったのである。

「明治をつくったのは後藤新平である」

和平氏は落ちついて話してくれた。「鉄道を枕にし死ぬ覚悟で新幹線を走らせた」。後藤から託された最大の悲願「東海道新幹線」は、一九六四（昭和三十九）年一〇月一日開業を見ることができた。そして一〇月一〇日は東京オリンピックの開催。関東大震災復興において後藤の偉大さが現れた幹線道路や環状線。オリンピック成功の陰には「後藤新平あり」と、当時の鈴木俊一副都知事の評価は大きかった。

▶後藤新平の肖像を指差す十河信二氏

十河邸には大きな後藤の肖像画がかかげられてある。父の信二は、「明治をつくったのは後藤新平である」と、たえず口にしていること止まなかったという。その十河信二も、後藤に負けじと昭和をつくることに気を吐いていったに違いない。

こんなエピソードがある。十河が後藤の娘愛子を、同級生である鶴見祐輔に紹介し、縁をとりもったことである。その鶴見祐輔が著した『後藤新平』は、後藤の生涯にわたる原本ともなっている。

（うめもり・けんじ／後藤新平顕彰会会長）

Le Monde

■連載・『ル・モンド』紙から世界を読む　102

どこにいく　アメリカ

加藤晴久

アメリカが債務不履行に陥る八月二日のデッドラインが迫って世界中がやきもきしていたとき、『ル・モンド』のニューヨーク駐在S・シペル記者が書いた「ノーベル賞をもらった？　無能だよ！」と題する記事（六・一三付）を紹介する。

二〇一〇年四月、オバマ大統領は、アメリカの中央銀行である連邦準備制度（Ｆｅｄ）の七名の理事のひとりとしてピーター・ダイヤモンド（一九四〇年生まれ）をノミネートした。ダイヤモンド氏はかの名だたるマサチューセッツ工科大学（ＭＩＴ）の教授。しかも、まさにその年の一〇月、ノーベル経済学賞を受賞したひとである。ところがこの人事は共和党の反対で上院の承認を得られなかった。アラバマ州選出の反知識人ポピュリスト政治家シェルビー議員が先頭に立って執拗に反対したからである。「ダイヤモンド氏は金融政策でどんな経験があるのか？　ゼロだ。氏の研究業績はもっぱら年金と労働市場の問題ではないか」。

しかしＦｅｄ設置法は、Ｆｅｄの目的として「最大限の就業率、物価の安定、低率の長期金利」を掲げている。つまり、雇用を守ることは準備制度の最優先の任務なのである。ノーベル賞選考委員会によれば、ダイヤモンド氏への授賞理由は「経済政策はどのように失業に影響するか」の問題を深く研究したこと……。

オバマ大統領は二〇一〇年の九月と今年一月にダイヤモンド氏の任命を再提案したが、共和党の回答はノー。ダイヤモンド氏は六月初め『ニューヨーク・タイムズ』紙に公開状を寄せ、Ｆｅｄ理事就任を断念する意思を表明。そして準備制度の金融政策を政治的思惑で左右し、金融機関を規制する権限を制限しようとする企てに対しＦｅｄの独立を守る必要を訴えた。

共和党がダイヤモンド氏の「無能」「不適格」を連呼した本当の理由は、市場に対するいっさいの規制と、富裕層に対する増税とを阻止することである。Ｆｅｄだけでなく、その他の規制機関の人事も停滞し、骨抜きにされたりしている。

来年の大統領選を控えて、アメリカ政界の混戦が激しくなりそうだ。

（かとう・はるひさ／東京大学名誉教授）

リレー連載　いま「アジア」を観る 104

東アジアの英知を世界に

陶　徳民

E・O・ライシャワーとJ・K・フェアバンクが編纂した歴史教科書によれば、「東アジア」は中国・台湾、日本、朝鮮半島、ベトナムなどを指す地域である。その東アジアが今や圧倒的存在感を示している。世界第二、第三位の経済体である中日両国が米国の主要な債権国となっていること、韓国の潘基《パンギ》文《ムン》氏が国連の事務総長を務めていること、離陸したベトナム経済の勢いが止らないことなどがその証左である。一方、この地域は「世界の火薬庫」とも言われ、資源争奪戦、国境紛争、軍備競争と歴史問題などで一触即発の局面が続いている。

このような現状の形成要因として、米国主導の世界経済システムへの荷担、ナショナリズムの復興、前近代と近代の領土観の混同および様々な戦争の記憶などが挙げられる。結局、過度な開発と消費、経済成長至上主義、国益のための武力行使、産廃や兵器の公然たる輸出などがみな当たり前と思われるようになった。しかし、九・一一事件、世界金融危機、東日本大震災とその後遺症が象徴しているように、今、地球環境と人類社会が未曾有の危機に陥り、物質偏重の近代文明の見直しが求められている。

インドの詩人で思想家のタゴールが一九一六年に来日した際、次のように警鐘を鳴らしていた。「世界中は、この偉大な東方民族が現代から機会と責任を手にしてから何をしようとしているかを注視している。もし単純に西洋を踏襲するなら、すでに喚起されている日本への多大な期待はふいになるであろう」と。また、「物質利益の貪欲と人間の精神生活の間、国民の組織的利己主義と人類の崇高な理想の間の衝突」を資本主義のもたらした最も深刻な難問としたが、この指摘は今日世界の諸国民にとっても「頂門の一針」と言える。東アジアの賢者が豊かな宗教文化資源を活用し、地球村の共生ビジョンと制度設計について指導的理念と建設的な提案を出せるかどうかが、話題になっている「太平洋の世紀の到来」実現の決め手になりそうである。

（タオ・デミン／関西大学教授）

連載

女性雑誌を読む　41

『ビアトリス』（一一）

尾形明子

一九一六（大正五）年九月号から『ビアトリス』（一巻三号）の表紙が、平塚らいてうの夫・奥村博に替わる。黒地に薄紫や緑、白の模様が広がりスカーフのようだ。葡萄と葉をアレンジしたのだろう。その前の上野山清貢の表紙には、初夏の活気と創刊の意気込みがあふれていたから、いよいよ実りの季節を迎えたということなのか。新しい時代を文芸に生きようとする女性たちへの共感と支援がそれぞれの表紙に漂っている。

百合とビアトリスの立像を描いた扉絵は図案装飾画家・杉浦非水による。歌人の杉浦翠子の夫である。翠子は、福沢諭吉の養子となった兄桃介のもとで文学に親しんで成長するが、歌人を志すのは三〇歳になってからである。一九一六年、今井邦子、原阿佐緒、三ヶ島葭子らが活躍する島木赤彦の『アララギ』に入門した。『ビアトリス』には『明星』の与謝野晶子、岡本かの子らとともに『アララギ』の女性歌人が全員参加し、それぞれ、妻であり母である日常をリアルに詠み、さらにひとりの女としての葛藤や情感を、叫ぶように歌に託した。

杉浦翠子は、やがて今井邦子をライバルと見なし、邦子への露骨な攻撃を展開するが、『ビアトリス』のころは「君がさすこのうまざけに酔ひにけり君がさすゆゑ酔ひにけるかな」などやさしい歌を詠んでいる。

病魔に苦しみ、長女を得ながらも夫の裏切りに苦悩する三ヶ島葭子の「誰が生くる誰が死ぬる世のさまなるぞ死を思ふ目に火とも映るは」「子を抱く力かへらばおのが世に足らはぬものはなしとなさまし」などの抑圧された思いを爆発させたような歌、今井邦子の生活者の視点から内省を深めていく歌と並んで、岡本かの子は奔放な愛を詠む。

「はらはらと車窓際にたつ我髪に君が涙のかかりけるかな」「いかばかり都より行く美しき君を待つらん北海道《えぞ》のねたしや」――当時かの子は、夫・一平に青森まで送られ、自分のために北海道に左遷された愛人の医師との逢瀬を繰り返していた。精神も生活も危機にあったが、幼い太郎が歌に登場することはない。

（おがた・あきこ／近代日本文学研究家）

■連載・生きる言葉　53

『ハイデガーとナチズム』

粕谷一希

マルティーン・ハイデガーの政治的行動を解明することは、何もかもひっくるめて貶めることを目的にしてはならないということである。

（J・ハーバーマス「ハイデガー――著作と世界観」ヴィクトル・ファリアス著、山本尤訳『ハイデガーとナチズム』名古屋大学出版会、一九九〇年）

M・ハイデガーに就いては戦後早くからナチスとの関係が問題とされてきた。最初期ではK・ヤスパース、三木清がハイデガーに批判的だったことが語られていた。ハイデガーがナチス政権下でベルリン大学総長に就任し大演説をぶっているからである。

しかしそれまでベルンシュタイン、ローザ・ルクセンブルクからグラムシに至るまでの左派コミュニズムは、やはり反体制的気分を形成していた。第一次世界大戦での敗北が厖大な賠償支払いに直結し、ワイマールの形式的教養市民層の美辞麗句は無内容となり、社会はバラバラとなり議会は解決能力を失っていた。

ファシズムとは「束ねる」という原義があるという。ヒトラー、ゲーリング、ゲッベルスの組織力と宣伝力はワイマールに対して〝新しい哲学〟を提供するかに見えた。『存在と時間』を二十歳代で書き上げた哲学者に、ニーチェ以来のニヒリズム克服の道を期待したのであろう。アウシュヴィッツのユダヤ人虐殺が暴露される以前のことである。

このナチズムに対して真正面から批判を展開したのは東大の南原繁の『国家と宗教』であろう。尾高朝雄の『実定法秩序論』は客観的分析を示し、京大の西谷啓治は好奇心を以て、ナチスの台頭を語っている（『根源的主体性の哲学』）。

最近では全体主義批判の急先鋒であるH・アーレントが、ハイデガーと不倫関係にあったことが報じられている。日本の哲学者は「大工の不倫」と変ったことではないと無粋な評価をしたが、私には、二人がどんな会話をしたのか興味津々たるものがある。

（かすや・かずき／評論家）

連載　風が吹く　43

ポケットの中

高 英男氏 3

山崎陽子

　高英男さんと出会ったのは、結婚寸前の昭和三十四（一九五九）年だったが、高さんのための作品を書いたのは、それから二〇年以上もたった五十六（一九八一）年だった。

　私が大家族の長男に嫁ぐ日の朝、父は言った。「今まで沢山の愛につつまれて生きてきたのだから、嫁いだら今度はその愛を周囲にお返しするんだよ。そうすれば恵みの雨が花を咲かせるように、いつか自分の花を咲かせる日がくるからね」

　周囲に尽くすことは少しも嫌ではなかったが、忙しくて自分だけの時間がないことに当惑した。

　心のバランスを保つために童話を書き始めたが、結婚前から書いていたわけではないから、嫁としては大っぴらに原稿用紙を広げることは憚られ、早朝か深夜に、ひっそりこっそり書き始めたが、何とも後ろめたい思いで一杯だった。

　結婚十年の記念に上梓した一冊の童話がきっかけで、やがてミュージカルを手がけるようになっても、嫁としては不届きな行為ではないかという思いを引きずっていたから、ある時、「高英男さんにシャンソン書いてあげたら……」と言う姑の一言は〝嫁が書くこと〟を容認してもらえたのだと、それが無性に嬉しかった。

　高さんにとって私は、あくまでも親しい山崎夫妻のオヨメサンであったわけだから、姑の思いつきに最初は戸惑いがあったに違いない。まず詞を見たいとのことで銀座でお会いしたが、目を通したとたん満面に笑みをたたえて「良かった！　素晴らしい詞です。ぜひ歌わせて頂きます。」そして「もし気に入らなかったらどうしようと、ちょっと心配してたんですよ。お母様に何てお断りしようかって。ああ良かった」私たちは声をあわせて笑った。

　初めて書いたシャンソンは、『ポケットの中』というタイトルで、作曲はエレクトーンの斉藤英美氏だった。高さんは、心をこめて何度も歌いこみ、ついにはレコードにも収められている。タイトルを言っただけで拍手がおこるほど、ファンにも愛される曲になったと、高さんは、たいそう喜んでくださった。

（やまざき・ようこ／童話作家）

連載

帰林閑話 201

半解先生問答抄（四）

一海知義

十一

Q 同人誌『VIKING』の仲間だった武部《たけべ》利《とし》男《お》さん、白楽天の詩をひら仮名で訳した武部さんは、どんな方でしたか。あの訳、いいですね。

半 武部さんは詩人やった。学者はたくさんおるけど、学者で詩人というのは、そうおらん。詩を訳せる学者は少ないね。もう一人、友人の入谷仙《いりたにせん》介《すけ》君。二人とも亡くなってしもたなあ。エライ人は、先に死による。

十二

Q 吉川幸次郎先生から学ばれたことのうち、一番大切だったと思われるのは、何ですか。

半 本を読め、ちゅうこっちゃな。

十三

Q 吉川先生と一海先生、お酒はどちらが強かったですか。

半 ぼくは不肖の弟子や。中国で大酒呑みのことを海量《ハイリヤン》というけど、先生は学問も酒も海量やったな。

十四

Q 一海先生は論文に一切「注」をつけないそうですが、なぜですか。

半 三十歳頃までは人のまねしてつけてたが、以後やめることにした。論文は「作品」やと思ったからや。読者の思考の流れを中断させたらあかん。小説に注つける奴はおらんやろ。

十五

Q 先生の市民講座は二十何年も続いてるそうですが、ヒケツは？

半 ヒケツなんかあらへん。ただナイナイ尽《づく》しがええのかな。

Q ？

半 講義中絶対に当てない。宿題も試験もない。予習も復習もしなくていい。居眠りしてても叱らない。遅刻しても文句は言わない。

Q 先生の方は？

半 ぼくも遅刻しない。休講しない。受講生を笑わすが、自分は笑わない。安い講師料について、文句を言わない。

（いっかい・ともよし／神戸大学名誉教授）

八月新刊・好評既刊書

"平和主義者" ドナルド・キーン

戦場のエロイカ・シンフォニー

私が体験した日米戦

ドナルド・キーン
小池政行（聞き手）

「私は骨の髄からの平和主義者で、戦争ほどの罪悪はないと信じていましたから。したがって、日本を叩く時がやって来たという気持ちは毛頭なく、最後まで戦争の回避を祈っていました。」（本文より）

四六上製　二一六頁　**一五七五円**

世界の注目を集める現代韓国作家

生の裏面

李承雨《イスンウ》
金順姫《キムスニ》＝訳

「韓国を、いや人間を知るには、李承雨の小説を読めばよい。」（ノーベル賞作家ル・クレジオ）ある小説家の〝生〟と〝作品〟をめぐる物語—文学の王道をゆく、現代韓国随一の小説家の代表作。英、仏、独、露、中で翻訳された、現代版『地下生活者の手記』（ドストエフスキー）！

四六変上製　三四四頁　**二九四〇円**

国家を喪失した民を魅了したものとは

ウクライナの発見

ポーランド文学・美術の十九世紀

小川万海子

カラー口絵一六頁

プロイセン・オーストリア・ロシアの三列強により領土を分割された十九世紀、ポーランド文化史上、最も重要な意味をもつポーランド・ロマン主義が開花した。そのインスピレーションの源泉となった豊饒の地〈ウクライナ〉を、美術・文学の中に辿る。

四六上製　二五六頁　**三一五〇円**

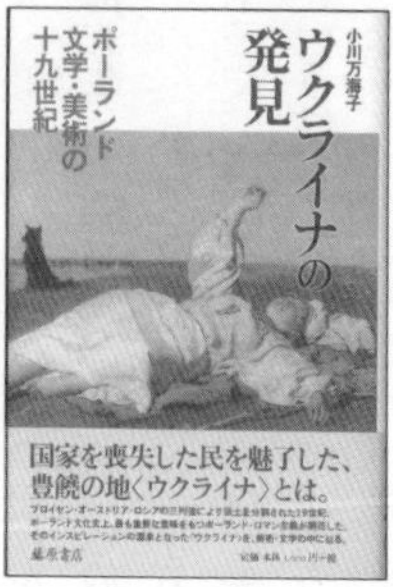

好評既刊書より

金融資本主義の崩壊
（市場絶対主義を超えて）
R・ボワイエ／山田鋭夫・坂口明義・原田裕治監訳
A5上製　四四八頁　**五七七五円**

震災復興　後藤新平の120日
（都市は市民がつくるもの）
後藤新平研究会編著
A5判　二五六頁　**一九九五円**

自由貿易は、民主主義を滅ぼす
E・トッド／石崎晴己編
四六上製　三〇四頁　**二九四〇円**　[3刷]

歴史の不寝番《ねずのばん》
（「亡命」韓国人の回想録）
鄭敬謨（チョン・ギョンモ）／鄭剛憲訳
四六上製　四八八頁（口絵一六頁）**四八三〇円**

言魂
石牟礼道子・多田富雄
B6変上製　二一六頁　**二三一〇円**　[8刷]

鶴見和子さん没五年の集い

第三回 山百合忌

二〇一一年七月三一日十二時〜 於・山の上ホテル別館

本年は鶴見和子先生没五年を迎える。大きな花束の香る「海」の間。司会は黒田杏子氏。藤原良雄社長の挨拶を皮切りに、スピーチが続く。服部英二氏（元ユネスコ事務局総長顧問）は、鶴見の説いた、命を繋《つな》ぐ「曼荼羅」の思想の今日的意義を力説。迫田朋子氏（NHK）は、被災地の取材で先生の「内発的発展」という語を急に想起したと語る。次いで、参加者最高齢の園田天光光氏（元議員）が、戦前の鶴見邸で、一歳上の「和子お姉さま」とお話ができた幸せを告白し、献盃。しばらく食事歓談の後、鶴見俊輔氏からの、父祐輔氏の評伝（二〇一一年五月小社刊）への謝意を伝える御手紙が代読された。そして当書の著者・上品和馬氏の講演『広報外交の先駆者・鶴見祐輔』を出版して」。日米関係の緊迫した戦前期に、驚異的な広報活動を個人的に展開した祐輔の実力と魅力を縦横に説いた。かつ今日の捕鯨映画トラブルや大震災問題について、殆ど広報的発信力を持たぬ日本の現状を憂えた。次に、写真家・大石芳野氏の講演「土に生きる——チェルノブイリそして東電フクシマの被害」。ロシアと現福島の地で撮影した写真のスライドを映しつつ、自ら解説。原発安全神話に影響されていた自身への悔いを語り、かつ故人から「福島へ行きなさい」と促された感を覚えたとも。キエフの被曝少女の成長を追う病身像や、福島の酪農業者らの苦渋の姿などが客席に突き刺さる。

上品和馬氏

大石芳野氏

続いて趣向一転、特別朗読。故人の歌集から短歌と文言を選び、麻生花帆氏（東京芸大出身）の語り・小鼓・舞と望月美沙輔《みさほ》氏（同）の笛を以て、気品に満ちた美の空間が現出した。

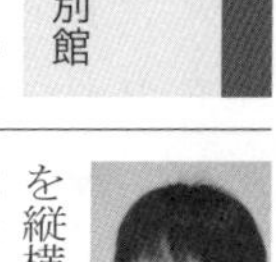

最後に親族からの御挨拶として、妹の内山章子氏は、公職追放された父祐輔氏の占領期の苦悩に言及。そして今日の笛と鼓で「（姉は）踊っていたと思います」と。甥の鶴見太郎氏は、幼年期に好奇心溢れる伯母を「探検伯母」と名付け喜ばれた話などを披露。倒れてなお踊りの本を書き、豊饒な十一年間を過ごせたと思う、と。故人にふさわしい、学・芸統合の三時間弱であった。参加者、五二名。（編集部）

読者の声

『環』46号〈特集・東日本大震災〉■

▼「この大震災を問うことは、自らを問うことだ！」というフレーズは、全くその通りです。特集「東日本大震災」の諸報告、論文、提言……のすべてが「日本の常識」にならなければと思います。震災から半年……まだまだ先が見えない状況が続いています。この現状をつき破っていくためにも『環』46号は一人でも多くの人たちに広めていく内容だと思います。　（千葉　**園田昭夫**　68歳）

▼『環』46号を読みました。「被災地、石巻から」がとりわけ印象的でした。被災者の「声なき声」を拾うことを忘れた政策論議はどこか浮ついたものになるのではないでしょうか。岩手や福島等他地域の連載も企画していただけたらと思います。

（東京　**武田英一**）

ジャポニズムのロシア■

▼店頭で、書名とサブにひかれて……さらに求めた動機は目次を全て目を通してから……ロシアのジャポニズムは初めて知り興味を持ちました。他に日本を愛したロシアの詩人たちも……これから読み始めます……　（東京　**岸顯樹郎**）

母■

▼石牟礼さんの作品世界にずっと惹かれてきました。休みになると旧作を含め何か読み（返し）をすることで、自分の指針としてきたような気がします（パーキンソン病とのこと。伯父がそうだったのですが、御不自由ではと心配です）。震災以来、石牟礼さんの声＝文章が聴きたいとずっとどこかで思ってきました。こちらでは本になるまでなかなか目に触れないのが残念です。お二人の心の交流からどのような世界が生まれるのか、それを聴いてみたいと思いながら読みふけった楽しいひとときでした。

（神奈川　非常勤講師　**須藤直子**　50歳）

多田富雄詩集　寛容■

▼早く逝去された多田富雄氏を悼む。生物物理学者である私の分野と多田氏の研究分野は近く、もう少しこの世において研究されることを期待していた。科学者としてでなく芸術家としての一面をこの本で知る。

（宮城　東北大学名誉教授　**籏野昌弘**　81歳）

日本の刺青と英国王室■

▼非常に興味深いものがあった。

（神奈川　**鈴木満**　59歳）

▼明治以降の現代史を勉強している私は刺青に興味をもっている。曽祖父が刺青をしていた写真が、家宝か、秘密の宝のように、わが家に残っていた。背中に仏様を彫ったものだった。刺青師は県下に何人かおられると聞いた。明治時代の名人、初代彫宇之の記事など読み応えがありました。

（滋賀　主婦　**久保穂子**　40歳）

細川三代■

▼中世から近世への時代の移り変りに細川三代はその時代をのりきるばかりでなく、肥後五四万石の国持大名となっていくその物語がスイスイと読めました。特に細川幽斎のペンは剣（文は武）よりも強くはないかもしれないが、ペンは剣をたたきおとすことはできると云う様な行為はスゴイことです。

（福島　会社員　**鈴木岳夫**　46歳）

無縁声声〈新版〉■

▼私は昨年より大阪市西成に住むようになったが、この街の歴史を知る上で、この本はきわめて重要である。

本書の存在を、西成、釜ヶ崎、寄せ場に関心を持つ人々、日本の社会システムに疑問を感じている多くの人々に伝えたいと思う。

（大阪　NPOスタッフ　**岡本マサヒロ**）

石牟礼道子　詩文コレクション■

▼ずっと彼女の本、気になり乍ら読まずにきてしまいました。日本人につきつけられた水俣病の重い問題をどの様に〝苦海浄土〟に書いていらっしゃるのだろうと……。先日、店頭で見た『母』（七巻）を購入。読み始めて、その妙なる天の音楽のような文章に、ショックに似たものを覚えました。次の日より私の身体の中を、言いようのない泡立ちが……次々と二巻、六巻を求めて、その泡立ちが何によるかを見出そうとしています。

（熊本　主婦　**西川順子**　70歳）

だから、イスタンブールはおもしろい■

▼イスタンブールはかつて訪れたことがあり、この本のおかげで色々思い出しました。

（東京　**小川英雄**　76歳）

後藤新平の「仕事」■

▼昨年の正月に後藤新平記念館に行って来ました。その膨大な偉業の展示に圧倒され、その偉業がもっとわかりやすい物はないかと、その帰りに盛岡のジュンク堂さんで買いました。良書です。東北の復興を願います。

（神奈川　公務員　**田中英樹**　34歳）

生きる思想■

▼イバン・イリイチの考えの一端を知り、技術や文化の発展と共に生きるということの大事さを、現代の貧困という視点から考えることができるものであり、原発事故の三・一一後の世界を考えるにふさわしい本であると思った。

（山形　教員　**青柳滋**　52歳）

※みなさまのご感想・お便りをお待ちしています。お気軽に小社「読者の声」係まで、お送り下さい。掲載の方には粗品を進呈いたします。

書評日誌（七・二三〜八・一三）

(書)書評　(紹)紹介　(記)関連記事
(TV)紹介、インタビュー

七・二三　(書)北海道新聞「母」（「新しい本」）
七・二九　(書)東洋経済日報『「二回半」読む』（「今週の一冊」）
七・三一　(書)東京中日新聞「歴史の不寝番」（「新刊」）
　(紹)熊本日日新聞「母」（「本を歩く」／「自然から遣わされた人々の声に戦慄」／高山文彦）
七月号　(書)都市問題「パナマ運河百年の攻防」（「書評」）／「パナマ運河と日本――太平洋戦争時の知られざる関係」／松田美和
八・一　(紹)ハンギョレ新聞「歴史の不寝番」（「この人」）／「亡命の痛み日本にまで知らせ思い残すことはない」）
八・七　(書)毎日新聞「環」四六号（「MAGAZINE」）
　(書)日経新聞「金融資本主義の崩壊」（「この一冊」）／『米英型』危機の発生・展開を検討」／奥村洋彦
　(書)琉球新報「学生よ」（「晴雨読」／「生きた歴史の中の人間」／南信乃介）
八・一〇　(書)聖教新聞「ジャポニズムのロシア」（「読書」／「文化で結ばれてきた日露両国」）
八・一二　(書)週刊読書人「歴史の不寝番」（「学術思想」／「日本人に課題を提起」／「歴史の検証を求める」／石坂浩一）
八・一三　(書)共同配信「ジャポニズムのロシア」（「読書　新刊抄」）

一〇月新刊

＊タイトルは仮題

放射能汚染の現実にどう対応すべきか

学芸総合誌・季刊【歴史・環境・文明】

環　Vol.47　'11 秋号

〔特集〕放射能汚染—東日本大震災 *Part2*
赤坂憲雄／熊谷達也／相良邦夫／山田國廣／大石芳野／崎山比早子／吉岡斉／井野博満／後藤政志／田中信一郎

〈短期連載〉被災地／被災者の「声なき声」② リアスの海、気仙沼から

〈小特集〉琉球処分以後の沖縄の未来
〈寄稿〉松島泰勝／新崎盛輝＋松島泰勝〈対談〉大城立裕＋松島泰勝
〈シンポジウム〉片山善博／王柯＋佐藤優＋大城立裕＋松島泰勝／海勢頭豊ほか

〈鼎談〉「三・一一以後—現代文明の危機」A・ベルク＋中村桂子＋服部英二
〈寄稿〉「危険な電磁波」古庄弘枝
〈リレー連載〉チャールズ・ビーアドと日本4「危険な時代の幕開け」開米潤
〈書評・書物の時空〉粕谷一希／辻井喬／住谷一彦／村上陽一郎／三木亘／石川学／竹本研史
〈連載〉石牟礼道子／金子兜太／小島英記／平川祐弘／小倉和夫／尾形明子／河津聖恵／朴才暎／黒岩重人／能澤壽彦

フロイトやフーコーを批判した問題作

快楽の歴史

A・コルバン　尾河直哉訳

「性（セクシュアリテ）」という概念の誕生以前、人々は性愛の快楽をどう享受していたのか？「この時代のフランスの性愛関係を語るのに『ヴィクトリア朝的』という形容は全く馬鹿げている」——フロイト、フーコー、その他の英米系の「性」をめぐる研究が構築した概念による時代錯誤を徹底的に排し、当時の言語空間に断固踏みとどまりながら「感性の歴史家」が描き出す性愛の歴史。

近代日本の歴史認識と「中国」とは

内藤湖南への旅

粕谷一希

戦前の京都帝国大学で「支那学」を創始し、日本の東洋学において圧倒的な存在感を示した内藤湖南（一八六六—一九三四）。記者として出発しながらアカデミズムで多大な業績を打ち立てたその生涯と、彼に関わる人・場所を旅しながら、歴史家であり同時にジャーナリストである真の知識人を生み出し得た戦前言論界の姿と、彼が終生向き合った「中国」という問題の核心に迫る。

「居住福祉」充実は最強の防災対策

防災と「居住福祉」

災害復興十六年の検証と提言

早川和男

平時の「居住」の安定的保障が、非常時にも重要なのはなぜか？阪神・淡路以来、各地の震災・災害の被災地を訪れてきた著者が、多数の実例を交えて、復興の根本条件としての「居住」の充実を訴える。

「放射能除染マニュアル」、緊急出版

除染しかない！

放射能汚染から未来をひらくために

山田國廣

福島原発事故で大量に放出された〝放射能〟。目に見えない放射能汚染、その危険性とは何か。特に子供たちの被曝を少しでも減らすため、自ら現場に出て実証実験、試行錯誤、一軒一軒除染し駆け回る大学教授による、いま唯一の除染マニュアル。

9月の新刊

タイトルは仮題、定価は予価。

フランス史（全6巻）　内容見本呈
J・ミシュレ　大野一道・立川孝一＝監修
6 19世紀――ナポレオンの世紀 ＊
四六変上製　六二四頁　**四八三〇円**

アラブ革命はなぜ起きたか ＊
デモグラフィーとデモクラシー
E・トッド　石崎晴己訳・解説
四六上製　一九二頁　**二一〇〇円**

ハイチ震災日記 ＊
私のまわりのすべてが揺れる
D・ラフェリエール　立花英裕訳
四六上製　二三二頁　**二三一〇円**

帰還の謎 ＊
D・ラフェリエール　小倉和子訳
四六上製　四〇〇頁　**三七八〇円**

社会思想史研究　35号
特集＝〈圏域〉の思想
社会思想史学会編
A5判　二五六頁　**二五二〇円**

10月刊

『環　歴史・環境・文明』47　11・秋号 ＊
〈特集・放射能汚染―東日本大震災Part 2〉
赤坂憲雄／熊谷達也／相良邦夫／山田國廣／大石芳野／崎山比早子／吉岡斉／井野博満／後藤政志／田中信一郎　ほか

好評既刊書

快楽の歴史 ＊
A・コルバン　尾河直哉訳

内藤湖南への旅 ＊
粕谷一希

防災と「居住福祉」 ＊
災害復興十六年の検証と提言
早川和男

除染しかない！ ＊
放射能汚染から未来をひらくために
山田國廣

戦場のエロイカ・シンフォニー ＊
私が体験した日米戦
ドナルド・キーン　聞き手＝小池政行
四六上製　二一六頁　**一五七五円**

生の裏面 ＊
李承雨（イ・スンウ）　金順姫（キム・スニ）訳
四六変上製　三四四頁　**二九四〇円**

ウクライナの発見 ＊
ポーランド文学・美術の十九世紀
小川万海子
四六上製　二五六頁　**三一五〇円**　カラー口絵一六頁

『環　歴史・環境・文明』46　11・夏号
〈特集・東日本大震災〉
川勝平太＋東郷和彦＋増田寛也／石牟礼道子／平朝彦／渡辺京二＋新保祐司　ほか
菊大判　四二四頁　**三七八〇円**

震災復興　後藤新平の120日
都市は市民がつくるもの
後藤新平研究会編著
A5判　二五六頁　**一九九五円**

「東北」共同体からの再生
東日本大震災と日本の未来
川勝平太＋東郷和彦＋増田寛也
四六上製　一九二頁　**一八九〇円**

モノが語る　日本対外交易史
七―一六世紀
Ch・フォン・ヴェアシュア
鈴木靖民＝解説　河内春人＝訳
四六上製　四〇八頁　**五〇四〇円**　カラー口絵三二頁

福島原発事故はなぜ起きたか
井野博満編
井野博満／後藤政志／瀬川嘉之
A5判　二二四頁　**一八九〇円**

ジャポニズムのロシア
知られざる日露文化関係史
V・モロジャコフ　村野克明＝訳
四六上製　二五六頁　**二九四〇円**　カラー口絵八頁

「二回半」読む
書評の仕事 1995-2011
橋本五郎
四六上製　三二八頁　**二九四〇円**

叢書**「アナール** *1929-2010*」（全5巻）
II 1946-1957　L・ヴァランシ編
A5上製　四六四頁　**七一四〇円**

＊の商品は今号に紹介記事を掲載しております。併せてご覧戴ければ幸いです。

書店様へ

▼後藤新平が関東大震災後わずか一二〇日という短期間で「復興」への道筋を跡づけた決定版ドキュメント『**震災復興　後藤新平の120日**』が、8／21(日)『日経』で猪木武徳氏に「復興に向け教訓得る」、9／4(日)『読売』でも大きく紹介され大反響！　既刊好評の『**後藤新平の「仕事」**』や『**自治**』『**都市デザイン**』など後藤新平関連タイトルと共に引き続き大きくご展開をお願いします。
▼歴史的なドル安傾向が進む中、8／7(日)『日経』に続き、『週刊エコノミスト』8／30号でもR・ボワイエ『**金融資本主義の崩壊**』が絶賛紹介され大反響！「アメリカモデルの限界と崩壊」をテーマにフェア展開いかがですか？　選書リスト等お気軽に担当者までご相談下さい。
▼8／17(水)、18(木)の二日連続で**金時鐘**さんがNHK「ラジオ深夜便」に出演。先日高見順賞を受賞された『**金時鐘四時詩集　失くした季節**』からのご自身による朗読と紹介で大反響。詩歌の棚だけでなく、社会や思想の棚でもぜひぜひ大きくご展開下さい。　（営業部）

著者来日
ラフェリエール氏

ハイチ出身の作家D・ラフェリエール氏（仏メディシス賞受賞）が来日し、講演を行う。

10／1（土）一四時半～
講演「**アイデンティティと言葉**」
於・日仏会館（03-5421-7641）

10／3（月）一八時半～
講演「**ハイチとケベックのあいだで書くこと**」於・立教大学（03-3985-2530）

10／6（木）一六時二〇分～
講演「**ハイチとケベックのあいだで書くこと**」
於・東北大学（tsutomu@sal.tohoku.ac.jp）

10／8（土）一九時～
講演「**私達を中心に全てが揺れている**」
於・東京日仏学院（03-5206-2500）

＊お問い合わせは（　）内連絡先へ

出版随想

▼暑かった夏も終り、秋風が吹く候となったと思いきや大型台風が紀伊半島を襲い大災害をもたらした。ここでも自然の計り知れない怖るべき力の前に小人はただ平伏す以外ない。

▼大震災による福島原発事故から半年が過ぎた。しかし、いまだその放射能汚染の実態は国民の前に明らかにされていない。米エネルギー省から借用した軍事用？器材で一部の地区の汚染状況は公開されているが、まだ日本全土への汚染度はわからない。海への影響はなおさらだ。時折、ほんの一握りの魚の汚染が発表されるが、海の土壌汚染状況や海流での拡散状況はわからない。

▼ほんとうにわれわれ国民が知りたい「情報」は、殆んどメディアからは伝わってこない。声高に21世紀は〝情報化社会〟だと叫ばれて以降、情報が商品化されてしまった。マルクスが言う如く『資本』はすべてのものを商品化する」時代になった。これを後人が「資本主義社会」と名づけたが、問題は、「資本」である。この「資本」は、大きければ大きい程大きな力を発揮する。小「資本」も集団化してゆけば巨大になる。前世紀末から現在に至るまでどれだけの「資本」（企業）の吸収・合併が繰り返されたことか？　限度はないのだ。日本でもアメリカでもEUでも……。巨大資本が、人間を支配し社会を支配し国家を支配する。国家を超えて、資本は巨大権力となり、世界を支配する。そういう巨大権力に対し、今世紀世界各地で〝民主化〟の動きが始まった。この十年が世界の正念場だと思うが、この〝民主化〟の動きも止めようがない。アラブ、イスラム、アフリカ、中国……など開発途上にある国々で起きているが、いずれ先進国の中でも起きてくるだろう。先進国は〝移民〟問題は不可避の問題となる。〝民主化〟と権力の争闘は、人間社会の運命である。しかし、この問題も自然の前では、かすかな囁き、呟きにすぎない。

▼人間は、自然の一部にすぎないことを今や改めて認識することだ。人間が人間社会の中で為すことはたかが知れたこと。自然を支配する、自然を変えると豪語してきた似非知識人を今こそ葬らねばならぬ。現代人は、今この地球に棲める幸福に謙虚にならねばならない。その謙虚さからしか、未来社会の建設の道は来ない。自然への畏怖からしかすべては始まらない。（亮）